БОЖЕСТВЕННЫЙ РАССВЕТ:

САГА О РАМАЯНЕ

(ПОЭТИЧЕСКАЯ ОДИССЕЯ ЛЮБВИ, ДОБРОДЕТЕЛИ И ДОБЛЕСТИ)

Translated to Russian from the English version of Divine Drawings

Dr. Dipa Mitra

Ukiyoto Publishing

Все глобальные права на публикацию принадлежат
Ukiyoto Publishing
Опубликовано в 2024 году

Авторское право на содержание © доктор Дипа
ISBN 9789364948807
Все права защищены.

Никакая часть этой публикации не может быть воспроизведена, передана или сохранена в поисковой системе в любой форме любыми средствами, электронными, механическими, копировальными, записывающими или иными, без предварительного разрешения издателя.

Были заявлены личные неимущественные права автора.

Это художественное произведение. Имена, персонажи, предприятия, места, события и происшествия либо являются плодом воображения автора, либо используются в вымышленной манере. Любое сходство с реальными людьми, живыми или умершими, или реальными событиями является чистым совпадением.

Эта книга продается при условии, что она не будет предоставляться во временное пользование, перепродаваться, приниматься напрокат или иным образом распространяться без предварительного согласия издателя в какой-либо форме переплета или обложки, отличной от той, в которой она опубликована.

www.ukiyoto.com

Преданность

Эта книга, "Божественный рассвет: Сага о Рамаяне", посвящается всем читателям, особенно тем, кто интересуется древними сказаниями, но находит традиционные эпосы пугающими. Благодаря силе поэзии эта книга предлагает яркое и сжатое путешествие по "Рамаяне", раскрывая ее вечную мудрость и актуальность для современного мира. Пусть это разожжет ваше воображение и вдохновит вас открыть для себя непреходящую магию этой эпической саги.

предисловие

"От рассвета до вечности: Сага о Рамаяне" - это поэтическая одиссея, которая погружает в глубины одного из величайших эпосов, когда-либо рассказанных. Этот сборник стихов объемом около 180 страниц отправляется в лирическое путешествие по жизни и наследию Господа Рамы, затрагивая темы божественной любви, добродетели и доблести.

Книга начинается с "Генезиса эпоса", рассказывающего о рождении этого небесного повествования и о стремлении Вальмики увековечить путешествие Рамы. "Наследие царя Дашаратхи" повествует о трогательной истории отца Рамы, отражая суть королевского долга и божественное руководство, которое привело к воплощению Рамы. Этот раздел переходит к эпопее "Божественные воплощения", в которой подробно описывается небесное прибытие Рамы, его братьев и Ситы, определяющих их судьбы в космической пьесе.

По мере продвижения читатель знакомится с "Божественной стрельбой из лука и Сваямварой из Митхилы", выделяя ключевые моменты, такие как поломка лука Господа Шивы и судьбоносный выбор Ситы. Последующие главы, "Празднование и оплакивание Айодхьи" и "Лесная сага: Столкновение судеб", погружают в сложные эмоции радости, предательства и испытаний, с которыми пришлось столкнуться во время изгнания.

Драматический поворот повествование приобретает в фильме "Ванары, герои, живущие в лесах, и смятение Ланки", где трогательно изображены доблесть Ханумана и страдания Ситы в заточении. Это приводит к кульминационному "Противостоянию Рамы и Раваны", поэтическому изображению последней битвы между добром и злом.

Следующие главы, "Победа Рамы на Ланке: отголоски и последствия" и "Уттар Канда: Дальняя одиссея", посвящены последствиям победы и трогательной истории о разлуке Рамы и Ситы. Кульминацией книги является "Путешествие Рамы в бесконечность", в котором рассказывается о его божественном уходе и вечном наследии.

В стихотворении "Раскрывая священную любовь Рамы и Ситы" авторы погружаются в глубины их божественных взаимоотношений, исследуя темы любви, самопожертвования и стойкости. Наконец, "Актуальность Рамаяны для современности" связывает мудрость древнего эпоса с современной жизнью, предлагая вечные уроки дхармы, единства и стремления к праведности.

"От рассвета до вечности: Сага о Рамаяне" - это не просто книга стихов, но и духовное путешествие, приглашающее читателей ощутить преобразующую силу одной из величайших историй, когда-либо рассказанных. На ее страницах вновь оживает вечная сага о Раме, предлагая современному читателю новые идеи и вдохновение.

Содержание

ГЕНЕЗИС ЭПОСА ... 1

Путешествие Рамы: Лирическая одиссея ... 1
В поисках добродетели: Поиски Вальмики ... 4
Скорбь: Плач по Крунче ... 7
Рождение поэзии: откровение ... 10
Божественный наказ: Эпическая атака ... 13
Мудрец-провидец: Небесное прозрение ... 16

НАСЛЕДИЕ ЦАРЯ ДАШАРАТХИ ... 19

Сага о Дашаратхе ... 19
Трагическая история ... 21
Божественное приношение ... 24
Царственная гармония Айодхьи ... 27

БОЖЕСТВЕННЫЕ ВОПЛОЩЕНИЯ ... 30

Рама: Небесное прибытие Седьмого Аватара ... 30
Лакшмана: Тень Царя змей ... 32
Бхарата: Благородный хранитель Трона ... 34
Шатругна : Воин Небесной справедливости ... 36
СИТА: Небесный рассвет Дочери Земли ... 38

БОЖЕСТВЕННАЯ СТРЕЛЬБА ИЗ ЛУКА И СВАЯМВАРА ИЗ МИТХИЛЫ ... 40

Сага о Божественных лучниках ... 40
Путешествие в легендарный Сваямвар Митхилы ... 43
Ткацкий станок судьбы: выбор Ситы ... 45

ПРАЗДНОВАНИЕ И СКОРБЬ ПО АЙОДХЬЕ ... 48

Радостный рассвет в Айодхье ... 48

Тень обмана: Мрачный час Айодхьи	51
Дилемма обещания: сердечная боль Айодхьи	54
Исход сердец: печаль Айодхьи	57
Закат короля: Траур	60
Обет преданности: клятва Бхараты	63

ЛЕСНАЯ САГА: СТОЛКНОВЕНИЕ СУДЕБ
66

Уничтожение демонов	66
Золотой обман: прелюдия к похищению	69
Очарование Золотого оленя	71
Маскарад зла: Суд над Ситой	73
Похищение	75
Эхо потери: Отчаяние в лесу	77
Поиски Ситы: сквозь тени и печаль	80

ВАНАРЫ, ГЕРОИ, ЖИВУЩИЕ В ЛЕСАХ, И САГА О ЛАНКЕ 83

Соглашение в Кискиндхе: Горькая победа	83
Поиски Ангады и Ханумана	86
Переполох на Ланке	88
Скорбь Ситы в заточении	90
Путешествие Ханумана на Ланку	92
Обещание Ханумана и пламя возмездия	95
Сердце всепрощения: Сострадательная милость Ситы	98
Сага о Раме Сету: мост веры и воли	100

БИВИШАН КУМБХАКАРНА И ИНДРАДЖИТ: ТРИ МИФИЧЕСКИХ ДЕМОНА 103

Торжественная мольба Бивишана	103
Добро пожаловать, Бивишан, в лоно Рамы	105
Божественный призыв	107

Падение Кумбхакарны	109
Плач Раваны	113
Индраджит, наследник Ланки	115
Титанические поиски Хануманом Санджевани	117
Гудакеш: Бдение Лакшмана а	119
Поединок Индраджита и Лакшманы	122
Последняя битва Индраджита	124
Скорбь Раваны по Индраджиту	127

ПРОТИВОСТОЯНИЕ РАМЫ И РАВАНЫ 129

Злополучная доблесть Раваны	129
Колесницы судьбы: Рама против Раваны	132
Поединок судьбы: Сострадательная мощь Рамы	135
Небеса судьбы: Праведная битва Рамы	138
Столкновение космических сил: Просветленная война Рамы	141
Благородный воин: триумф Рамы	144

ПОБЕДА РАМЫ НА ЛАНКЕ: ОТГОЛОСКИ И ПОСЛЕДСТВИЯ 147

Рассвет праведности	147
Радостное освобождение	149
Испытание и триумф	151

БОЖЕСТВЕННЫЙ РАССВЕТ:

САГА О РАМАЯНЕ

[ПОЭТИЧЕСКАЯ ОДИССЕЯ ЛЮБВИ, ДОБРОДЕТЕЛИ И ДОБЛЕСТИ]

ГЕНЕЗИС ЭПОСА

Путешествие Рамы: Лирическая одиссея

В древние времена, когда шепот танцевал в санскритской грации,

Из священного места Вальмики возникла история.

История, запечатленная в вечных объятиях времени,

"Рамаяна" - это эпос о небесных следах.

Узрите принца Раму, олицетворяющего добродетель и могущество,

Сама сущность которого, подобно солнцу, сияла ярко.

Отправляюсь в путешествие, на путь праведной борьбы,

Чтобы вернуть свою любовь, затмеваемую ночью Раваны.

В глубине лесов, где властвуют тени.,

Сквозь испытания и бури Рама прокладывал свой путь.

Благодаря любви Ситы, его маяку, который никогда не сбивал с пути истинного,

В его сердце действительно осталось свидетельство чести.

Равана, царь демонов, в своем темном зале,

Его сила была огромна, его гордость - до падения.

Но против доблести Рамы любая крепость устоит.

Рушься, ибо торжеству добра суждено увлечь за собой.

"Рамаянам" - это нечто большее, чем просто поэтическое предание,

Путешествие души через суть Аянама (жизненной истории).

Через долг, честь, любовь это открывает дверь,

В мир, где дхарма царит во веки веков.

Так пусть же эта история, исполненная красоты санскрита, будет рассказана,

О Раме, принце, таком храбром и дерзновенном.

В каждом стихе - урок, истина, которую нужно раскрыть,

Вечная сага о победе добра над злом, голд.

Ибо в самом сердце этого небесного повествования,

В этом заключается суть жизни, чистая и наглядная.

Рамаяна будет жить в веках,

Маяк надежды в рассказах, которые мы рассказываем.

В поисках добродетели: Поиски Вальмики

В вековых рощах, где звучит шепот мудрости, Мудрец Валмики искал истины, которые были бы его убежищем.

Божественный Нарада задал свой вопрос: "Кто олицетворяет добродетель во всем мире?"

"Кто в этом мире так ярко выделяется в одиночестве,

Образец принципиальности, маяк света?

В делах и словах непреклонен, прямолинеен,

Такая чистая душа в самую темную ночь?"

"Кто говорит правду, непоколебимый, такой смелый,

Чьи действия и мысли никогда не могут быть проданы?

В лабиринте жизни, непоколебимый, неконтролируемый,

Непоколебимый духом, обладающий многочисленными добродетелями?"

"Кто ходит в доброте, ко всему живому благосклонен?

Чье поведение меняется по мере того, как выстраиваются звезды?

Они изящно вплетены в ткань бытия.,

Гармоничное сочетание, божественный дизайн."

"Кто, обладая мастерством и мудростью, не встречает сопротивления,

На жизненном поприще, изящно сложенный?

Чье присутствие, подобно лотосу, возникло среди грязи,

Зрелище безмятежности, покоя?"

- Который храбр, но в то же время сдерживает свой пламенный гнев,

Перед лицом страха он проявил мужество.?

Неугасимый свет, вечный огонь,

Не ревнивый, блистательный, поднимающийся все выше?"

- Которого почитают даже боги на небесах,

Когда их поднимут на войну, они могут испугаться его?

И все же в его сердце было так дорого сострадание,

Воин мира, кристально чистый?"

Так размышлял Вальмики в глубине леса,

Посеянные вопросы - это мудрость, которую нужно пожинать.

В наступившей тишине начали просачиваться ответы,

О добродетели и доблести, сложенных в священную кучу.

Ибо в своих поисках Валмики нашел,

Семя добродетели в любой почве.

В каждом сердце это может быть увенчано,

Где любовь и истина тесно переплетены.

Скорбь: Плач по Крунче

В царстве дхармы, где истины переплетаются,
Нарада говорил о Раме, божественной душе.
- Царь добродетели из рода Айодхьи,
С качествами, которые соответствуют звездам".

Но Валмики в глубине души жаждал большего,
Более глубокое понимание преданий.
В поисках знаний, на берег реки,
Он странствовал, ища средоточие мудрости.

Там, у воды, была такая мрачная сцена,
Птица Крунча (журавль), жизнь угасает, конечности тускнеют.
Его подруга в трауре, печальный гимн,
Песня о потере на исходе дня.

В этот момент сердце Валмики действительно разбилось,
Становишься свидетелем жестокости, которую может сотворить жизнь.
От праведного гнева его голос действительно задрожал,

Проклиная охотника из сострадания.

"О, охотник, обреченный на неудачу в своем слепом поиске,

Ты вырвал душу из ее любовного гнездышка.

Судя по полету вашей стрелы, вы провалили испытание,

О пути дхармы, на котором мы благословлены.

За этот поступок твое имя будет жить вечно.,

В печальных историях, которые будут рассказывать поколения.

Птица, которую ты убил, влюбилась в тебя.,

И с его падением твоя судьба была предрешена.

Ты нарушил гармонию песни жизни,

Где царят любовь и покой в этом мире.

В своем стремлении так ужасно ошибаться,

Ты справился с горем, глубоким и сильным.

Так, в отчаянии, Вальмики закричал,

За невинную птичку, которая несправедливо погибла.

В его словах была истина, неоспоримая,

Что в сердце дхармы должно пребывать сострадание.

БОЖЕСТВЕННЫЙ РАССВЕТ

Из этой печали было посеяно семя,

В сердце Вальмики зародилась целеустремленность.

Чтобы рассказать историю о Раме, широко известную,

История добродетели во всех смыслах.

В "Плаче крунча" началась история,

О Раме, добродетельном, благородном человеке.

По словам Вальмики, по всей стране,

История дхармы, которая сохранится навсегда.

Рождение поэзии: откровение

В самом сердце леса, где царит тишина,

Мудрец блуждал, запутавшись в цепях мыслей.

Вальмики, провидец, во владениях природы,

Услышал крик птицы, отражающий ее боль.

Когда Кронча (журавль) плакал о своей потерянной любви,

За ее скорбную мелодию пришлось дорого заплатить.

В этом ритме путь мудреца был пройден,

Слова лились из него потоком, они витали в воздухе.

Рассеянный, но с проникновенной мелодией,

Его слова соответствовали печальному пению птицы.

В полдень, залитый солнцем, возник стих,

Поэтическое чудо, божественное благословение.

Он стоял, благоговея перед своим непреднамеренным творением,

Линия красоты, искусное откровение.

БОЖЕСТВЕННЫЙ РАССВЕТ

Первое поэтическое выражение человечества,

За пределами Вед - новое проявление.

Божественные Веды в своих священных стихах,

Но это было совсем другое, человеческое обращение.

Эмоции, исходящие из сердца, полного сопереживания, погружают,

В этот момент поэзия разрушила свое древнее проклятие.

Валмики понял это в тот роковой час,

Его слова обрели новообретенную силу.

Человеческий голос, похожий на распускающийся цветок,

В саду поэзии он построил башню.

Из боли и любви родилась красота,

В мире появился новый вид искусства.

Больше не только для божественного.,

Но в человеческих сердцах зарождалась поэзия.

Так, от крика птицы, одинокой,

Путешествие поэта было недавно прервано.

Стихи Вальмики, как утренний маяк.,

Ознаменовал рассвет поэзии, человеческой и возрожденной заново.

Божественный наказ: Эпическая атака

В тишине своей освященной обители,

Валмики погрузил мысли в покой.

Когда Брахма появился во всем своем великолепии, он засиял,

По его словам, возникла божественная цель.

- Благословенный мудрец, - раздался голос Брахмы,

- По моему замыслу, меня ждет судьба.

Слова, которые ты произнес, - это поэтическое состояние.,

Вести хронику Рамы - вот твоя судьба."

"Твой голос поведает историю о праведном,

Рама, мудрый, в которого верит весь мир.

Сага о богах и смертных, обязательная к прочтению,

В отмеренных стихах - твой долг."

- Расскажи о своих приключениях, о доблестных деяниях,

О Раме и Лакшмане на их героических конях.

Битвы с демонами, посев семян,

О дхарме и мужестве в эпических символах веры."

"Расскажите о Вайдехи (Сите), ее испытаниях и бедственном положении,

Как известные, так и скрытые от глаз смертных.

Каждая деталь, в темноте и при свете,

Благодаря твоим стихам я достигну высоты".

"Неизвестные истории станут для вас понятны,

Как будто космос шепчет тебе на ухо.

Ваше стихотворение, вместилище истины, искреннее,

В его линиях отражаются прошлое и настоящее мира."

- Твои слова, мудрец, никогда не сбудутся,

Истина в каждом слоге, в каждой фразе.

Когда горы стоят, а реки колышутся.,

Так и ваша "Рамаяна" останется такой навсегда".

"Ваша эпопея - зеркало грандиозной игры жизни,

В сердцах и умах это будет давить вечно.

Наследие мудрости в ярком сочетании,

Это будет передаваться через века и эпохи".

С благоговейным трепетом Валмики принял божественное повеление,

Миссия из стихов, обширная, как море.

Чтобы рассказать о путешествии Рамы в поэтическом ликовании,

Вечная история для всего человечества.

Мудрец-провидец: Небесное прозрение

В тишине скита, под широким куполом неба,

Вальмики сидел, погруженный в медитацию, в своем духовном доме.

Благо Брахмы, дар глубокий,

В сознании мудреца заключены тайны вселенной.

Необъятное видение, нерассказанная история,

Перед его мысленным взором действительно разворачивалась жизнь Рамы.

При дворе Дашаратхи, где рассказывают разные истории,

В глубь лесов, под лучи заходящего солнца.

Он увидел Раму, сияющего светом добродетели,

Лакшмана рядом с ним, лицом к лицу с другом и врагом.

Сита, воплощенная благодать, свободный дух,

Их жизни переплетены, как листья на дереве.

Каждая улыбка, каждая печаль, каждая тихая слеза.,

Каждое произнесенное слово обжигало сердце Валмики.

С помощью йогической силы, божественного искусства,

Он понимал их сагу, каждую ее часть.

Не только прошлое, во всей его легендарной мощи,

Но будущее, невидимое, предстало перед его взором.

Радости и испытания на пути судьбы,

Триумфы и невзгоды, и космический гнев.

В святости его аскетической благодати,

Вальмики написал "след эпоса".

От величия Айодхьи до объятий леса,

Каждое событие он запечатлевал во времени и пространстве.

Он писал о битвах, о жестоком испытании любви,

О путешествии дхармы, о неустанных поисках.

Рамаяна, в прекрасных стихах,

Небесная история, по замыслу автора.

Ибо в его словах действительно звучала правда,

О жизни, о богах, обо всем на свете.

Космическая пьеса на земной сцене,

Эпопея Вальмики для любого возраста.

Его слова - река, текущая глубоко и широко.,
Они будут вечно скользить по бескрайнему океану времени.

Видение мудреца в поэтической форме,
В сердцах всего мира, вечно теплый.

Таким образом, Рамаяна, божественное наследие,
Благодаря проницательности Валмики все это засияло.
Свидетельство непреходящей песни жизни,
Этому место в анналах времени.

НАСЛЕДИЕ ЦАРЯ ДАШАРАТХИ

Сага о Дашаратхе

Перед рассветом выдающейся истории о Раме,

В древних свитках преобладает эпос.

О Дашаратхе, царе, божественном происхождении,

Воплощение Ману по линии Брахмы.

Рожденный благородным сердцем Аджи и Индумати,

В стране Косалы, куда отправляются герои.

Его звали Неми, но у судьбы было нечто большее.,

Дашаратха, "десять колесниц", в преданиях.

Его колесница, чудо, парила по небесам,

В десяти направлениях взметнулись его могучие стрелы.

С небесной скоростью он вернулся на землю,

В пылу битвы его доблесть ярко вспыхнула.

После смерти его отца корона, которую он носил,

Во владениях Косалы легенда о нем разрослась еще больше.

Непревзойденный воин, его завоевания широки,

Против могущества асуров (демонов) он устоял, неоспоримый.

Три королевы, подобно драгоценным камням, украшали его трон,

Каушалья, Сумитра, Кайкейи - их милость сияла.

От Дакшина Косалы, Каши, до песков Кекеи,

Они стояли рядом с ним, обвитые вечными узами любви.

Каушалья, безмятежный свет, путеводная звезда,

Сумитра, сосуд мудрости, издалека.

Кайкейи, обладающая свирепым духом, из волны Кекеи,

В своем союзе они прокладывают путь в будущее.

Так начинается повесть в безбрежном море времени,

О Дашаратхе, царе, по велению судьбы.

Прелюдия к саге о Раме "под небесным сводом",

В анналах времени мы отправимся в его путешествие.

Трагическая история

В шепчущем лесу, в объятиях Сарайю.,

Это была печальная повесть о неуместной грации охотника.

Дашаратха, могущественный князь, в тусклых тенях,

Искал свою жертву по звуку, по наитию.

В тишине сумерек раздалось тихое бульканье.,

Он выпустил стрелу, быстрый, как ворон.

Он искал оленя, но судьба распорядилась жестоко,

На человеческий крик всколыхнулся безмолвный лес!

Принц бросился вперед, его сердце было охвачено ужасом,

Нашли молодого Шравану, упавшего, с багровым пятном на теле.

Глубоко вонзившаяся стрела - трагическая ошибка.,

Сцена скорби на берегу тихого озера.

Принц был подавлен, его душа пребывала в отчаянии,

Извинения посыпались, как осенние листья в воздухе.

Шравана, молодой и всепрощающий, встретил свою судьбу.,

Потребность в воде, его последний закат.

"Отнеси этот кувшин моим слепым родителям".

Его голос был тихим, как дуновение ветра.

"Они жаждут возвращения своего сына",

На последнем издыхании, в печальном пребывании.

Принц, ставший рассказчиком печальной истории,

Подошла пара, хрупкая и бледная.

С тяжелым сердцем он говорил о жестокой руке судьбы,

Их сын стал жертвой незапланированной ошибки.

Убитые горем родители, невидимые в своем мире,

Проклинал принца, в своей агонии острого.

"Пусть ты тоже познаешь боль потерянного ребенка,

В море времени, брошенный бурей судьбы."

Так родилось пророчество скорби,

В сердце короля, навеки покинутого.

Повесть о конце жизни Дашаратхи и Шраваны,

В анналах времени их истории сливаются воедино.

Божественное приношение

В древних свитках великой истории Айодхьи,

Стоял Дашаратха, царь, в хрупком покрывале надежды.

В тишине открывалось будущее династии,

Он тщательно искал сына, наследника своего королевства.

К священным обрядам, направленным на обретение плодородия, он обратился,

Его сердце жаждало благословения для потомства.

Сумантра, мудрый, пророчество, которое он открыл,

"Присутствие мудреца Ришьяшринги скрепит сделку".

В Ангу король отправился с пламенем надежды,

Где правил Ромапада, пользовавшийся благородной славой.

Его дочь Шанта была выдана замуж за мудреца,

К их обители привели шаги Дашаратхи.

БОЖЕСТВЕННЫЙ РАССВЕТ

Вместе с Ришьяшрингой мы возвращаемся на землю Косалы,

Ритуал Ягьи был великолепным и грандиозным.

Затем последовал Путрия Исти, священный обряд,

О сыновьях - молитва в космической ночи.

Из священного огня появилась фигура,

С небесной кашей сошлись судьбы.

"Вашим королевам передайте это божественное подношение".

Сказало существо: "и через них будут жить новые жизни".

На ярмарку Каушальи, Сумитры и Кайкейи,

Кашу подавали с особой тщательностью.

Священное разделение, основанное на надежде и доверии,

Из космической пыли было посеяно будущее.

От Каушальи родился Рама, Вишну,

Кайкейи принесла Бхарату, новый рассвет.

Сумитра, одаренная близнецами, подобна сладкой мелодии-

Лакшмана и Шатругна, благословенная рапсодия.

Итак, из благочестивых поисков Дашаратхи,
Родились сыновья, одни из лучших.
Их история запечатлена в анналах времени,
Наследие божественности в космических пределах.

Царственная гармония Айодхьи

В древних и священных залах Айодхьи,

Туда, где тихо зовет эхо судьбы.,

Правил Дашаратха, прославленный царь,

Его родословная - это история, королевское пламя.

Три королевы украшали его жизнь, были звездами на его небосклоне,

Каушалья, Кайкейи, Сумитра, мало-помалу.

Каждый из них - колонна в величественном дворце,

По их милости царство действительно устояло.

Четверо сыновей, как драгоценные камни в короне,

Рама, Лакшмана, Бхарата, Шатругхана, слава.

Рама, воплощение искусства совершенства,

Принц добродетели, чистый сердцем.

В садах любви и братских уз,

Все четверо росли под бдительным небом.

Каждый из них уникален, но вместе они такие сильные,

Объединившись, они исправили ошибку.

Рама, с его нежной, направляющей рукой,

Маяк надежды для этой неспокойной страны.

Лакшмана, его тень, преданный и правдивый,

Связь нерушимая, как утренняя роса.

Бхарата, воплощение справедливости и заботы,

Принц, чьи качества не имели себе равных.

И Шатругхана, храбрый, сила невидимая,

Вместе они образовали безмятежную команду.

Во дворце Айодхьи главной темой была любовь,

Семья, единое целое, единственная мечта.

В каждом брате есть отражение другого,

В их сердцах - любовь отца и матери(ов).

Таким образом, в Айодхье, под сиянием солнца и луны,

Четверо братьев жили, не скрывая своих чувств.

Повесть о единстве, посеянная в песках времени.,

В царственной гармонии Айодхьи, известной во веки веков.

БОЖЕСТВЕННЫЕ ВОПЛОЩЕНИЯ

Рама: Небесное прибытие Седьмого Аватара

На древнем гобелене времени, сотканном космическими нитями,

Это история о божественном происхождении в священных землях.

Рама, седьмой аватар, воплощенная милость Вишну,

Светоч Дхармы в человеческой расе.

"Восхитительно", - шепчет его имя, "Очаровательно", - поет оно,

Мелодия праведности, исходящая из небесных струн.

Его рождение - яркое стечение небесных предзнаменований,

В космических театрах, залитых божественным светом.

Небесные огни танцевали в ликующем космическом хоре,

Как эхо небесной музыки, выходящей за пределы высшего.

Каждая звезда - свидетель этого божественного проявления,

Каждый ветерок был носителем его праведного воззвания.

В Раме равновесие Дхармы было мягко восстановлено,

В его существе мощь зла всегда вызывала сожаление.

Символ добродетели в этом разорванном на части мире,

Рама, хранитель, был дан Богами.

Его прибытие - глава в вечной эпопее времени,

Стих о надежде в возвышенном мире.

Рама, имя, запечатленное в анналах божественного,

Луч света, которому суждено сиять вечно.

Лакшмана: Тень Царя змей

В небесных царствах, где вплетены мифы и легенды.,

Это история о преданности, старая как мир.

Лакшмана, верный, возрожденный царь змей Вишну,

В человеческом обличье, украшенный добродетелями.

Возлюбленный брат Рамы, его тень, его могущество,

Чье-то присутствие неизменно днем и ночью.

Воплощение Шеши, носящееся по космическим волнам,

В Лакшмане его сущность никогда не теряется.

"Отмеченный благоприятными знамениями", - гласит его имя,

Ни с чем не сравнимое свидетельство верности.

В каждом шаге, в каждом вздохе танца жизни.,

Его преданность Раме - нечто большее, чем просто случайность.

Самоотверженная жертва - его невысказанное кредо,

Ради Рамы его душа поклялась истечь кровью.

Защитник, спутник в испытаниях и борьбе,

Его преданность - это маяк в жизни Рамы.

В отголосках эпосов, в шепоте преданий.,

Легенда о Лакшмане во веки веков.

Символ преданности на земном плане,

Его история - это мелодия в космическом припеве.

В тени величия его свет сияет ярко,

Звезда во тьме, в вечной ночи.

Лакшмана, верный, на великом гобелене истории,

Портрет преданности на веки вечные.

Бхарата: Благородный хранитель Трона

В анналах времени, где сеют легенды,

Стоит Бхарата, хорошо известный образец добродетели.

Его история, эпос о доблести и могуществе,

Эхо разносится сквозь века, как луч света.

Ассоциируется с Индрой, небесным царем,

Его жизнь - мелодия, которую поют небеса.

В царстве смертных его роль, божественная,

Человек, исполняющий свой долг, принадлежащий к королевскому роду.

Хотя и рожден для того, чтобы взойти на вожделенный трон,

Его смирение сияло, как драгоценный камень.

Отказ от короны - бескорыстный поступок,

Он прислушался к воле Рамы.

"Взрастил" свое имя в глубину и широту,

Отражающий его сущность до последнего вздоха.

БОЖЕСТВЕННЫЙ РАССВЕТ

Источник сострадания, глубокого и величественного,

Направляя свой народ нежной рукой.

В духе Бхараты - слияние силы,

Его способность к глубокому пониманию.

Маяк надежды в бурных морях,

Хранитель мира в легком ветерке.

Из его истории вытекает урок,

О добродетелях, более драгоценных, чем у самого чистого золота.

Бхарата, праведник в великом переплетении исторических событий,

Почетное наследие, которого можно достичь навсегда.

Шатругна : Воин Небесной справедливости

На ковре знаний, где разворачиваются божественные саги,

Это история о Шатругне, храбром и дерзновенном человеке.

Брат-близнец Лакшманы, скрывающийся в тени невидимых,

И все же по своей сути он был жестоким и проницательным.

Воплощение Ямы, смерти и справедливости - его кредо,

В каждом действии, в каждом доблестном поступке.

Воин по духу, по сердцу, по имени,

В анналах времени он запечатлел свою славу.

В объятиях доблести его дух украсился,

В битвах и поисках его честь возродилась.

С Бхаратой - дуэтом силы и воли,

Темные амбиции своих врагов они неустанно сдерживают.

"Сокрушитель врагов", - звучит его имя,

В его присутствии зло не может процветать.

Стратег, мыслитель в великой военной игре,

Шатругна - сила неукротимая, но в то же время прирученная.

В эпосе "Рамаяна" его роль столь важна,

Невоспетый герой, решающий сложные задачи.

Его преданность Раме - такой яркий маяк,

Веду сквозь тьму, как звезда в ночи.

В своем путешествии он получил урок верности и могущества,

Напоминание о справедливости в самых мрачных обстоятельствах.

Шатругна, самый младший, в битве стоит на своем,

Символ силы в божественных руках.

СИТА: Небесный рассвет Дочери Земли

В анналах времени, где мягко ступают мифы.,

Это божественная история о ложе Ситы, рожденной на земле.

На священном поле, под бдительным оком солнца.,

Царь Джанака пахал, и небеса действительно вздыхали.

Из вспаханной земли действительно возникло чудо,

В золотом сундуке - неземное подношение.

Сита, лучезарная, такое яркое дитя Бхуми,

Маяк чистоты, залитый небесным светом.

Дочь Земли, в сундуке с золотом,

Удивительная история, которой нет возраста.

Ее появление - символ бесконечного цикла жизни,

На лоне природы - чтение Священных Писаний.

БОЖЕСТВЕННЫЙ РАССВЕТ

На ковре легенд свет Ситы, богини Лакшми, чист и ярок.

Дочь, жена, мать, идеалы определяют союз Сиярама (Ситы и Рама), который поистине божественен.

Несмотря на огромные испытания, ее добродетели оставались образцовыми, священным благом жизни.
Символ истины в объятиях женственности, любви и добродетели, грации Ситы.

В гобелен легенд вплетена история Ситы,

Божественное рождение, известное в священных писаниях.

Дочь Земли, из которой она поднялась.,

В ней мягко светится сердце космоса.

БОЖЕСТВЕННАЯ СТРЕЛЬБА ИЗ ЛУКА И СВАЯМВАРА ИЗ МИТХИЛЫ

Сага о Божественных лучниках

В "объятиях знания", где сказки разворачиваются с изяществом, Рама и Лакшман, словно отголоски мифов, находят свое место.

Вызванный мудрецом Вишвамитрой, могущественным провидцем,

Чтобы защищать свой ашрам и сражаться с демонами.

Из царской обители их отца, Дашаратхи мудрого,

Они отважились выйти вперед, под небесное свечение.

Великие лучники с луками в руках,

Суждено защищать священную землю.

Ракшасы, демоны тьмы и ужаса,

Скрывались в тени, их господство было повсеместным.

Но Рама и Лакшман, бесстрашные и дерзновенные,

Лицом к лицу с тьмой, мужественный и холодный.

Быстрыми и меткими стрелами они поражали своих врагов,

Побеждая зло, прекращая печали и горести.

Каждый демон пал под их безошибочным прицелом,

Их доблесть и отвага снискали бессмертную славу.

Братья, объединенные целеустремленностью и мастерством,

Исполнил желание мудреца, проявив твердую волю.

Ашрам, некогда осажденный ужасом и ночью,

Теперь я купаюсь в покое, в божественном свете.

В этой древней истории заложен урок,

О проявленном мужестве, долге и силе.

Рама и Лакшман в легендах и песнях,

Они навсегда останутся в сердцах верующих.

Так поет бард о божественных лучниках,

Чьи деяния вечно сияют в звездах.

Герои былых времен, в вечной славе.,

В саге о божественных лучниках, которая будет длиться вечно.

Путешествие в легендарный Сваямвар Митхилы

Над остатками битвы, где воцарилась тишина.,

Словно по мановению волшебной палочки, возникла новая история.

Мудрец Вишвамитра, провидец древних дней,

Услышал о подожженном Сваямваре Митхилы.

Царь Митхилы Джанак, мудрый и справедливый,

Объявлен конкурс, редкий, как воздух.

Сите, его дочери, нужно искать невесту,

Вызов для храбрых, а не для кротких.

С побежденными демонами и восстановленным миром,

Вишвамитра вместе с принцами устремился к Митхиле.

Рама и Лакшман, храбрые сердцем,

Присоединившись к этому путешествию, мы начинаем новую главу.

Они направляются к царству Митхила.,

С распространением историй о доблести и мужестве.

Покидаю царство Айодхья, родину Великого Дашаратхи,

Они отважились идти вперед, покорившись судьбе.

В их сердцах горел огонь предвкушения,

Руки Ситы жаждали многие поклонники.

Но в судьбе Рамы была переплетена тайная нить,

История о любви и долге, которые еще не исполнены.

Так шли они дальше, под золотым пристальным взглядом солнца,

Через леса и долины, в мистической дымке.

В Митхилу, где развернется танец судьбы,

В поисках руки жемчужины, рожденной на земле.

В этом путешествии были посеяны семена эпических сказаний,

В анналах времени, чтобы навсегда остаться известным.

В Сваямвар Митхилы, с надеждой и могуществом,

Они отправились в путь, неся свет будущего.

Ткацкий станок судьбы: выбор Ситы

В царстве, где дышат и танцуют легенды,

Стоит принцесса Сита с сияющим взглядом.

Дочь Джанаки, обладающая безграничной красотой и изяществом,

Ее Сваямвар - это место, где можно найти настоящую любовь.

Из далеких королевств, где орлы осмеливаются парить,

Приходили принцы и короли, по преданиям и не только.

Каждый смотрит на приз с горячим желанием в сердце,

Завоевать руку Ситы, самое драгоценное блаженство в жизни.

Но это состязание сердец было не просто игрой престолов,

Это требовало отваги, выходящей за рамки мускулов и костей.

Испытание мастерства, духа, внутреннего пламени,

Чтобы выполнить задание, во имя Шивы.

Божественный лук, Харадхану, небесное зрелище,
Затаился в засаде, проверяя свою мощь.
Натянуть этот лук - не обычный подвиг,
Задача непосильная для избранных.
Сита, в своей грации, молча наблюдала за происходящим,
Один поклонник за другим погибали.
Не только в силе, но и в сердечном намерении,
Лук поддастся в нужный момент.

Затем появился Рама, мягко ступая,
В его взгляде - океанский прилив.
С непоколебимой рукой и глубоким спокойствием,
Он подошел к трудной задаче - крутому подъему в гору.

Прикосновением, шепотом, гармоничной связью,
Лук поддался в мгновение ока.
В это мгновение гирлянда судьбы была натянута,
Когда сердца собравшихся запели в унисон.

Сита с гирляндой цветов в руке,
Выбрали Раму, как вечную группу судьбы.

В этом Сваямваре она нашла нечто большее, чем мужа,

Союз душ в глубокой любви.

Таким образом, в анналах времени эта история разыгрывается следующим образом,

По выбору Ситы, в любви, которая будет длиться вечно.

История о красоте, изяществе и силе судьбы,

Расцвел в самый светлый час Митхилы.

ПРАЗДНОВАНИЕ И СКОРБЬ ПО АЙОДХЬЕ

Радостный рассвет в Айодхье

В золотой век знаний и света легенд,

Под небесным покровом разворачивается сказка.

После союза Рамы и Ситы, столь божественного,

Наступила радостная глава в нашей родословной.

Лакшмана, Бхарата и Шатругхана, храбрые,

Вступили в брак, чтобы проложить новое путешествие.

У каждого из них есть сестра Сита, связанная узами любви,

Их свадьбы были благословлены звездами над головой.

Процессия действительно вернулась обратно в Айодхью,

В сердцах горожан пылают яркие эмоции.

Царь Дашаратха, с гордостью в глазах,

Приветствовал своих сыновей под благосклонным небом.

Со своими тремя королевами, безграничной радостью,

В счастье их сыновей переплелись вплетенные друг в друга надежды.

Айодхья ликовала, утопая в празднествах,

Как короновались принцы со своими невестами.

Затем последовало воззвание, громкое и ясное,

Решение, которым королевство так дорожило.

Рама, добродетельный, гордость страны,

Он станет следующим царем от руки Дашаратхи.

Город Айодхья, охваченный эйфорией,

Обрадованные этой новостью, они пребывают в радости.

Дворец оглашался смехом и песнями,

Светлое будущее, которому они все принадлежат.

В этот момент триумфа, любви и единства,

Айодхья увидела чистоту своего предназначения.

Время мира, процветающего правления,

В радостном рассвете, лишенном боли.

Таким образом, в анналах времени рассказывается эта история,

О королевстве едином, храбром и дерзновенном.

На улицах Айодхьи поют эту сказку,

В этот день зазвенели радостные колокольчики судьбы.

Тень обмана: Мрачный час Айодхьи

В самом сердце Айодхьи, где когда-то царила радость,

Тень подкралась с непритворной злобой.

Мантара, служанка Кайкейи, с таким коварным сердцем.,

Сплел паутину обмана под самым небом.

Известие о Раме, будущем короле,

До ее ушей это не доставляло радости.

В тихих покоях сердца королевы Кайкейи,

Она посеяла семена раздора, злого искусства.

Она шептала о забытых обещаниях, о несказанных благах,

Призывая королеву быть смелой.

Просить своего мужа, царя Дашаратху, о причитающемся ей,

Требование, которое разрушило бы мир в королевстве.

Отправить Раму в лес - страшное изгнание,

В течение четырнадцати лет, чтобы утолить ее гнев.

И короновать Бхарату, своего собственного сына,
Как царь Айодхьи, она одержала победу.

Кайкейи, когда-то любящая, когда-то добрая,
Она оказалась в трудном положении.
Ее любовь к Раме, чистая и глубокая,
Вопреки словам Мантары, крутой, темный прыжок.

Но горничная хитра, неумолима и холодна,
Сформировал королеву в ее ядовитой хватке.
Сердце, когда-то теплое, теперь превратилось в камень.,
Прося о милостях леденящим душу тоном.

Так началась трагедия, печальное начало,
Когда мир Дашаратхи развалился на части.
Сердечная боль, слезы во владениях Айодхьи,
Это ознаменовало начало плачевного правления.

БОЖЕСТВЕННЫЙ РАССВЕТ

В этот мрачный час сказка делает поворот,

О любви и долге, о сердцах, которые нужно исцелить.

Повесть об Айодхье, окутанная тенями.,

В тени обмана, в безграничном очаровании.

Дилемма обещания: сердечная боль Айодхьи

В безмолвных коридорах времени разворачивается история,

О данном обещании и судьбах, которые оно формирует.

Царь Дашаратха, благородный и справедливый,

Столкнулся с требованиями Кайкейи, с душераздирающим ударом.

О двух милостях просила она с предательским сердцем,

Ее слова, как стрелы, разрывали на части.

Первый - изгнать Раму, возлюбленного и чистого,

В тени леса, чтобы продержаться еще четырнадцать лет.

Вторым было возвышение Бхараты, торжественное вступление на престол.

Сердце Айодхьи плачет в глубокой скорби.

О восхождении сына, о слезящихся глазах королевства.,

За этими требованиями скрывается тихая боль.

БОЖЕСТВЕННЫЙ РАССВЕТ

Дашаратха, пораженный неверием и болью,

Его сердце разрывалось на части, скованное мучительной цепью.

Разъяренный и измученный, он отказался подчиниться,

Такой злой воле он не стал бы давать взаймы.

Но Рама, исполненный долга, воплощение благодати,

Узнал о бедственном положении в этом трагическом месте.

С таким огромным сердцем и таким возвышенным духом,

Он решил сдержать обещание под открытым небом.

Сдержать слово своего отца, нерушимое, чистое,

Он принял свою судьбу с твердыми намерениями.

Убитые горем, царь и Айодхья заплакали,

Он молча сдержал обещание Рамы.

В его самопожертвовании - столь глубокий урок,

Долг и честь связывали его действия.

Таким образом, в анналах истории рассказывается эта история,

Об обещании, о дилемме в смелой саге.

В сердце Айодхьи такая глубокая боль.,

В воспоминаниях о времени, которые нужно сохранить навсегда.

Сага о любви, потерях и поворотах судьбы.,

В шепоте ветров плачут их истории.

Исход сердец: печаль Айодхьи

В царстве Айодхьи, где теперь царила печаль,

В этот день разворачивается история о душевной боли.

Царь Дашаратха, пораженный и растерзанный,

Потерял сознание от горя, покинутый и преданный.

Рама, исполненный долга, приготовился к отъезду,

Оставив позади разбитое сердце королевства.

Сита, его супруга, сияющая преданностью,

Решила следовать за ним, держась в его тени.

Лакшмана тоже, непоколебимый и верный,

Присоединился к путешествию, когда печали усилились.

Каушалья и Сумитра, матери в отчаянии.,

Оплакивали своих сыновей, испытывая неприкрытую боль.

Урмила, любимая невеста Лакшманы,

Она стояла как зачарованная, не в силах скрыть свою боль.

Как она выдержит эти четырнадцать лет,

Без ее любви, в невидимых сценах?

Бхарата и Шатругна, избавьтесь от этого тяжелого положения,

Не подозревая о печальной ночи в Айодхье.

Когда Рама, Лакшмана и Сита прощались,

Сердце королевства наполнилось скорбью.

Жители Айодхьи, охваченные скорбным приливом,

Они следовали за своим возлюбленным с широко раскрытыми глазами.

Череда боли, невысказанных криков,

Под бдительными, полными слез небесами.

Улицы оглашались тихими прощаниями,

Когда королевская троица переступила порог ties.

Царство во тьме, скорбь так глубока.,

В анналах времени, чтобы храниться вечно.

Таким образом, исход сердец в переплетении истории,

Момент расставания для тех, кто скорбит.

Печаль Айодхьи, река слез,

В саге о Раме, на протяжении многих лет.

Закат короля: Траур

В священных залах правления Айодхьи,

Повесть о горе и душевной боли, о боли короля.

Царь Дашаратха, обладающий благородным сердцем и короной,

Поддался горю, утонул в печали.

Вспоминал ли он скорбящих родителей Шравана Кумара, чье проклятие рассеялось в тумане судьбы?

Последний вздох Дашаратхи был связан с именем Рамы,

Плач, сотканный из пламени скорби.

Его дух, отягощенный невысказанными словами,

Они упорхнули прочь, подобно стае птиц.

В тишине своих покоев неподвижно лежал король,

Оставляя позади королевство, пустоту, которую нужно заполнить.

Тем временем вернулись Бхарата и Шатругна,

В город, погруженный в траур, где курились благовония.

Пораженные, убитые горем от услышанного рассказа,

Их души трепетали от каждого произнесенного с болью слова.

Взбешенный Кайкейи и обманом Мантары,

Никто не мог победить их гнев за предательство.

Мантхара, зачинщик бедственного положения Айодхьи,

Столкнулся с возмездием на глазах у всего королевства.

Укушенная и презираемая за свой жестокий поступок,

Ее судьба была предрешена ее злонамеренным договором.

Айодхья плакала от горя и ярости,

Глава, полная боли, на странице истории.

Смерть Дашаратхи - такая глубокая рана,

Покинул королевство в слезах, погруженный в глубокое горе.

Король, который любил, который правил с изяществом,

Теперь это воспоминание в объятиях времени.

В этой истории о потере, о ночи королевства,

Это история о любви, о добре и зле.

Траур Айодхьи под огромным сводом неба,

В царских сумерках печальный марш.

Обет преданности: клятва Бхараты

В мрачных последствиях потери Айодхьи,

Бхарата стоял, полный решимости перейти дорогу.

Он поспешно отправился в путь, чтобы увидеть лицо Рамы,

Страстно желая вернуть его на его законное место.

Через густые леса и широкие реки,

Бхарата искал своего брата, руководствуясь надеждой.

Когда он нашел Раму в Читракуте, его сердце взмолилось,

Для возвращения царя нужна Айодхья.

Но Рама, непоколебимый в решении своего отца,

Отказался от короны, его судьба - бежать.

Несмотря на слезы Бхараты, его искренний крик,

Он не мог отрицать, что Рама был изгнанником.

Бхарата плакал от горя, как ребенок,

Его просьбы и уговоры, кроткие и незлобивые кротостью.

Затем просьба, одновременно скромная и мудрая,
Чтобы забрать сандалии Рамы, награду королевства.
Чтобы возвести их на трон, символ царствования,
До возвращения Рамы, чтобы облегчить боль.
Он дал обещание править как провидец,
Слуга Рамы, преисполненный почтения и страха.

Рама, тронутый такой огромной любовью Бхараты,
Крепко обняла его, чтобы сохранить связь надолго.
С одобрением, братским объятием,
Бхарата удалился с торжественной грацией.

Возвращаюсь в Айодхью с тяжелым сердцем,
Он приступил к исполнению своего долга, своей царственной роли.
Сандалии Рамы, на троне, на котором они сидели,
Напоминание о его клятве, о том, где было его сердце.

Тень Шатругны, постоянное объятие, рядом со своим братом, в любом месте.
Как Лакшман с Рамой, непоколебимый и близкий, В эхе единства, узы искренни.

Так правил Бхарата, опираясь на руку слуги,

Охранял Айодхью до возвращения Рамы на землю.
Его клятва преданности, повесть временных лет,
В самом сердце Айодхьи, во веки веков.

ЛЕСНАЯ САГА: СТОЛКНОВЕНИЕ СУДЕБ

Уничтожение демонов

В тихом убежище в глубине леса,

Там, где шепчутся тени и хранятся древние тайны.,

Троица - Рама, Сита и Лакшмана - жила в,

В объятиях природы они поддерживали свой покой.

Но судьба, вечно извивающаяся, сплела новую нить,

Как Сурфанакха, леди-демон, ее интриги распространялись все шире.

Влюбленная в Раму, в ее сердце горит пламя,

Она сделала ему предложение, не подозревая о его славе.

Рама, добродетельный, показал своей дорогой жене,

Сита была центром его жизни.

Ничуть не испугавшись, демон повернулся к Лакшмане,

Она неумолимо продвигается вперед, проявляя высокомерие и гордыню.

Ее непрекращающееся нытье, докучливый шторм,

Пока гнев Лакшманы не обрел форму.

В защиту Ситы от столь близкой угрозы,

Он ранил демона в ее злобной ухмылке.

В ярости убегая, она поспешила к своим братьям Хара-Душанам,

Требуя отмщения за пролитую ею кровь.

Братья-демоны в ярости, их армия огромна,

Они шли на битву, отбрасывая свои тени.

Но Рама и Лакшмана, обладающие могуществом и мастерством,

Стойко противостоял надвигающемуся злу.

С непревзойденной доблестью, в самом сердце леса,

Они сражались, их стрелы были смертоносным искусством.

Армия демонов, огромная, как океанский прилив,

Пал жертвой их доблести, и спрятаться было негде.

Выжил только один, чтобы рассказать эту историю,

О трагическом, прискорбном провале воинства демонов.

В лесной саге, где сталкиваются судьбы,

Добро победило зло с оглушительным треском.

Рама и Лакшмана, истинные защитники,

В самом сердце дикой природы росла их легенда.

Золотой обман: прелюдия к похищению

После огненного прилива битвы,
Одинокий солдат-демон обратился в бегство.
На остров Ланка, где ревут океаны,
Он искал Равану, хранителя демонических знаний.

В его уши лились рассказы о поражении,
О горе Сурфанакхи, горьком и безмерном.
Равана, могущественный и мстительный царь,
Услышал призыв к мести, зловещий призыв.

Тогда он задумал самый подлый план,
Похитить Ситу с помощью обмана и коварства.
Чтобы преподать лесным жителям страшный урок,
Его сердце начало гореть нечестивым огнем.

Он вызвал Марича, демона ремесла,
Мастер иллюзий как спереди, так и сзади.
Марич превратился в оленя, золотистого и яркого,

Прекрасное создание, купающееся в свете.
В тихом лесу, где жила Сита,
Золотой олень гарцевал, его судьба была решена.
Сита, очарованная его мерцающей грацией,
Тосковал по этому существу в том мирном месте.

Обман Марича, столь дерзкая приманка,
Это часть плана Раваны, злого и холодного.
Ловушка, приведенная в действие под солнцем,
Хитро спланированная прелюдия к похищению.

На этом этапе познания, где играют тени,
Золотой обман сбивал сердца с пути истинного.
Сцена была готова, актеры на своих местах,
Для заговора Раваны - темные объятия.

Очарование Золотого оленя

В давние времена в густых шепчущих лесах (Панчавати),

Там, где нити судьбы переплетались и рвались.,

Марич, демон, воплощенный в замысле своего хозяина,

Играла "золотого оленя", чарующую мечту.

Сита, очарованная сиянием этого существа,

Выразил желание, подобное текущему ручью.

Рама, чтобы исполнить желание своей возлюбленной,

Он отважился выйти вперед, и сердце его пылало.

С луком в руке он гнался по лесу,

Золотой олень, его путь извилист.

Марич завел его далеко в хитром танце,

В глухом лесу, в трансе судьбы.

Наконец стрела Рамы попала в цель,

Разрушая иллюзию, превращая свет во тьму.

И когда Марич упал, он произнес заклинание,

В голосе Рамы слышался такой громкий крик.

Сита, встревоженная тревожным звонком,

Чувствовала, как ее сердце сжимается от страха.

Лакшман, хотя и неохотно, был послан на помощь,

Оставив Ситу одну на лесной поляне.

Но прежде чем он ушел, с таким острым беспокойством,

Он провел черту, невидимую и безмятежную.

Лакшмана-рекха, защитная связь,

Магический барьер, очень прочный.

Он обратился к Сите с искренней мольбой,

"Не пересекай эту черту, ради безопасности".

В самом сердце леса разворачивается настоящая сказка,

О чарах, обманах и отважных героях.

Маскарад зла: Суд над Ситой

В тени леса, где таятся тайны.,

Пришел Равана с лукавством в глазах.

Замаскированный под мудреца, скромный и кроткий,

Он приблизился к Сите, ища ее доброты.

Лакшмана-рекха, столь прочный барьер,

Он не мог перейти границу, туда, где ему не было места.

Повысив голос, он изобразил мольбу нищего,

Сита, сострадательная, настолько добрая, насколько это возможно.

Она стояла за чертой, чистая и преданная,

Подавай милостыню, как это делают добрые люди.

Но коварный Равана отверг ее милость,

Отказываясь от благотворительности, от этого священного места.

Сита, благородная, не желающая никого обидеть,

Переступил черту, чтобы не снизойти.

В этот момент маскировка исчезла,

Открывая Равану в его устрашающем обличье.

Его дикий смех эхом прокатился по деревьям,

Леденящий душу звук, доносимый лесным ветерком.

Сита, преданная своим собственным добрым сердцем,

Очутилась в сказке, мрачновато обособленной.

Таков маскарад зла под солнцем,

Распутал заговор, коварно закрученный.

В самом сердце леса обрела форму сказка,

О непорочной принцессе и грозе демонов.

Похищение

В густых объятиях древнего леса,

Там, где когда-то царили мир и невинность,

Равана, прибегнув к хитрости и обманчивому обличью,

Заманил Раму и Лакшмана ложью.

Наедине с Ситой, план короля демонов,

Он воспользовался моментом, и началось его предательство.

Быстро похитил ее, чтобы следовать своим курсом,

На своей колеснице, обладающий демонической силой.

Но в небе действительно парил страж,

Джатайу, мудрая птица из древних преданий.

С распростертыми крыльями, отбрасывающими тень,

Он бросил вызов Раване, его преданность была безгранична.

В отважной попытке остановить преступление,

Джатайу сражался с песками времени.

С клювом и когтями, мужеством и мощью,

Он столкнулся с королем демонов в воздушном полете.

Но Равана, безжалостный в своем темном стремлении,

Ударил благородную птицу в грудь.

С отрубленными крыльями Джатайу упал,

Его усилия были героическими и в то же время трагическими.

Когда Равана бежал в свою островную обитель,

Джатайу лежал раненый на лесной дороге.

История о похищении, о доблести и борьбе,

В саге о жизни Рамы и Ситы.

Таким образом, под сенью вековых деревьев,

Перекликается с историей о предательстве.

И Джатайу, благородный в своем последнем бою,

Стал легендой на священной земле.

Эхо потери: Отчаяние в лесу

В царстве, где тени сливаются со светом,

Повесть об отчаянии, о том, как лишиться зрения.

Лакшман, спешащий к Раме,

Он нашел его победителем, но сердце его все же упрекало.

Марич, демон, лежал поверженный и неподвижный,

Благодаря мастерству Рамы его обману пришел конец.

Но радость была недолгой, так как взгляд Рамы все же устремился на меня.,

Сите, своему сердцу, по которому он тоскует.

Вместе они бросились вперед, с ужасом в сердцах,

Возвращаются в свой коттедж, где начинается их жизнь.

Но в ответ воцарилась тишина, такая абсолютная пустота,

В роще, где когда-то пел жаворонок.

- Сита! - позвал я. - позвал Рама, и в его голосе прозвучала отчаянная мольба,

Эхо разносилось по лесу, где она когда-то была.

Ответа не последовало, только деревья перешёптывались,

В их шелесте листьев нет ни утешения, ни лёгкости.

Рама, доблестный, теперь сломлен и потерян,

Его любовь к Сите, невыносимая цена.

Как он мог дышать, жить или быть,

Без своей Ситы, без вечности своей души?

Лакшмана стоял рядом, и его собственное сердце разрывалось от боли,

Наблюдая за горем своего брата, похожим на нескончаемый дождь.

Слова утешения, которые он пытался передать,

Но какое утешение для разбитого сердца?

Лес, некогда бывший пристанищем мира и любви,

Теперь это свидетельство жестокости небес над головой.

В отголосках утраты, в тишине ужаса.,

Затаились страхи, невысказанные, широко распространенные.

Таким образом, в глубине леса, под куполом неба,

Два брата боролись с судьбой вдали от дома.

В их сердцах пустота, темная и глубокая,

В отголосках потерь, куда просачивается печаль.

Поиски Ситы: сквозь тени и печаль

В бескрайней пустыне, под солнцем и звездами,

Бродили Рама и Лакшман, близко и далеко.

Их сердца отяжелели в неустанном поиске,

Ради Ситы, любви Рамы, подвергшейся испытанию.

Через глубокие долины и высокие горы,

Их крики эхом отдавались под открытым небом.

Но фортуна казалась слепой, а судьба недоброй,

Они не смогли найти никаких следов Ситы.

А потом на их пути возникло такое мрачное зрелище,

Джатайу, мудрая птица, благородная и храбрая.

Тяжело раненый, на пороге смерти,

Хранящий истину в глубине своего сердца.

С трудом переводя дыхание, он поведал свою историю,

О деянии демона, такого ужасного и бледного.

БОЖЕСТВЕННЫЙ РАССВЕТ

Король демонов, с его коварной мощью,

Похитил Ситу при свете дня.

Слова Джатайу, похожие на пронзительный крик,

В нити их скорби действительно лежала сказка.

С благодарностью и печалью они прощались с ним,

Когда он уходил, находясь под чарами смерти.

Теперь я знаю врага, но не знаю пути,

Они бродили, движимые любовью и гневом.

Бесконечно блуждающий в поисках выхода,

Чтобы поймать демона, на которого они надеялись.

В лесах густых и реках широких,

Их души искали друг друга бок о бок.

Пугающее путешествие сквозь тени и печаль,

В поисках рассвета, более светлого завтрашнего дня.

Таким образом, братья в своем неустанном стремлении,

Искали своих возлюбленных с широко открытыми сердцами.

В своих поисках Ситы, несмотря на потери и боль,

Свидетельство их любви, которое останется навсегда.

ВАНАРЫ, ГЕРОИ, ЖИВУЩИЕ В ЛЕСАХ, И САГА О ЛАНКЕ

Соглашение в Кискиндхе: Горькая победа

В поисках, которые петляют по диким ландшафтам,

Пришли Рама и Лакшман, где и была обретена судьба.

В царстве Кискиндхи, где процветали люди-обезьяны,

Их путешествие приостановилось, и надежда возродилась.

Сугрива, изгнанник, в тени своего царства,

Встретился с этими божественными братьями, рассказал о своем тяжелом положении.

Пакт, который он предложил, с тяжелым условием,

Искал помощи у Рамы в своих амбициях.

Его брат Бали, сильный и несправедливый,

Правил Кишкиндхой с железной похотью.

Мольба Сугривы, с которой он обратился к Раме,

В поисках справедливости и помощи, к которым искренне стремились.

Рама, раздираемый долгом и нуждой,

Согласился на это действительно с тяжелым сердцем.

В слепом пылу любви к возвращению Ситы,

Он выбрал путь, строгий с точки зрения этики.

Крадучись, он нанес удар из смутных теней,

Смертельная стрела за грех Бали.

Сугрива, ныне царь, вернул себе трон,

Но после победы осталось проклятие.

Жена Бали в горе и ярости,

Проклятое будущее Рамы, зловещая страница.

Что он не найдет покоя рядом с Ситой,

В любовном воссоединении нет сладкого освобождения.

Горькая победа на земле Кискиндхи,

Выкованный в отчаянии рукой Рамы.

Соглашение было заключено, дело сделано,
Но от тени печали было не убежать.

Таким образом, в Кишкиндхе, где пересекаются судьбы,
История о жертвах, приобретениях и потерях.
В эпическом путешествии, полном любви и борьбы,
Рама столкнулся со сложностями жизни.

Поиски Ангады и Ханумана

В сказке, старой, как нашептанное время.,

Повеление Сугривы - возвышенное задание.

Они странствовали по всем четырем уголкам земли,

В поисках Ситы, вдали от дома.

Они проделали долгий путь на север, восток и запад,

Под солнцем и луной, под каждой звездой.

Однако их усилия не принесли никаких плодов,

И тяжесть на сердце начала укореняться.

Но на южной тропе забрезжила надежда,

Туда, куда вела Ангада, через холмы и долины.

С Хануманом, чье мужество никогда не ослабевало,

Они поклялись, что их решимость непоколебима.

Затем с небес спустился старый стервятник, мудрый,

Сампати, обладающий острым зрением и большими размерами.

Старейшина Джатайу, с высоты многих этажей,
Открыл истину под небом.
"Сита, любимая, в руках Ланки,
Повесть о печали и смелой отваге.
К островной крепости, над холодными водами,
Твой путь лежит вон туда, будь стойким и смелым".

От этого знания у них поднялось настроение,
У них появилась новая цель, возродилась надежда.
Направляясь к Ланке, они проделали долгий путь.,
Руководствуясь словами крылатого владыки.

Итак, южная группа с пылающими сердцами,
Отправляйся в путь сквозь океанскую дымку.
В их поисках - история на все времена,
О храбрости, надежде и непоколебимом взгляде.

Переполох на Ланке

В царстве Ланки, где падают тени, Равана держал Ситу в плену.

В объятиях рощи Ашока, пленник в охраняемом демонами пространстве.

На тенистых прогалинах беседки Ашока,

Где цветы плачут росой, а время останавливается.,

Там покоится девушка, чистая, как цветок.,

Удерживаемый силой воли тирана.

Сердце Ланки, охваченное смятением, тревожно бьется,

Когда Сита вздыхает под вековыми деревьями.

Раван, чьи мысли когда-то были благородными, а теперь низменными,

Держит ее в плену, не обращая внимания на ее мольбы.

Охраняемый демонами, о которых рассказывают шепотом,

Ее грация затмевает их седеющий облик.

В тех лесах, где мягко меркнет свет.,

Эхо ее печали, ее безмолвных криков.

Мандодари, королева беспокойного трона,

Молит о пощаде, о воцарении разума.

- Верни ее, муж мой, пусть узнают о твоем сердце.,

Ибо этим поступком ты не добьешься славы".

Но Раван, в своей мстительной гордыне,

Остается глух к советам своей невесты.

Преследуемый обидой, болью внутри,

От этих лесных обитателей его ярость не утихнет.

- За Шурпанакху, за бедственное положение моей сестры,

Я отомщу, днем или ночью.

Ни один совет мудрого человека не исправит этого,

Ибо в моем сердце горит бесконечная борьба."

Так Ланка плачет в безмолвном стоне,

Когда его король непреклонно восседает на своем троне.

В лесу Ашока, где посеяна печаль,

Ждет Сита, покинутая, печально одинокая.

Скорбь Ситы в заточении

В глубине тенистой рощи Ашока,

Под безжалостным взглядом ракшаси,

Там живет сердце, когда-то наполненное любовью.,

Теперь он погрузился в пучину отчаяния.

Сита, воплощение грации и печали,

Шепчет имя своего любимого с каждой слезинкой,

Тоска по прошлому, страх перед завтрашним днем,

В мире, где надежда кажется суровой.

Ее мысли, как золотые листья в осенней игре,

Перенесись назад, в дни радости, такие яркие и короткие.

Те времена с Рамом, когда царила любовь,

Теперь он потерян, оставив ее душу в печали.

Каждая слезинка - молчаливое свидетельство ее тяжелого положения,

Каждый вздох - воспоминание о сладостной силе любви.

В жестоких объятиях ночного холода.,

Она оплакивает потерю их общего света.

"О, Рам, - рыдает она, - единственный король моего сердца,

В твоих объятиях жизнь была прекрасной весной.

Теперь, среди демонов, моя печаль не покидает меня.,

К воспоминаниям о бессмертном крыле нашей любви."

Таким образом, в своем плену она остается,

Скованный несгибаемыми цепями печали.

И все же, даже несмотря на ее глубочайшую боль,

Любовь к Раму сохраняется в ее сердце.

Путешествие Ханумана на Ланку

В анналах мифов, в такой грандиозной сказке,

О прыжке Ханумана в страну Раваны.

Принимая форму, одновременно обширную и высокую,

Он перепрыгнул небеса, "пересек вздох океана".

Его путешествие - сага о жестоких испытаниях,

Там, где его путь пересекался с мифическими существами.

Гандхарва Канья в обличье демона,

Проверял его характер, силу и габариты.

Майнака, гора, поднималась из моря,

Предлагая передышку, мгновение свободы.

Но Хануман, время которого приближалось,

Отказался от всего остального, его миссия была ясна.

Добравшись до Ланки, страж смело,

БОЖЕСТВЕННЫЙ РАССВЕТ

Ланка Деви, богиня Ланки, ее история нерассказана.

Завязалась битва, яростная и быстрая,

Поскольку сила Ханумана была непревзойденной.

В своем поражении Ланка Деви увидела,

Пророчество истинно, без единого изъяна.

Конец Ланки приближался,

Как и было предсказано богами, на небе.

В самом сердце Ланки, под покровом ночи,

Хануман искал самым острым взглядом.

Через величественные дворцы и глубокие сады,

Он шпионил за Раваной в его замке.

Наконец, в мрачной роще Ашоки,

Он нашел Ситу, воплощение любви.

Окруженный ракшасами и злобным взглядом Раваны,

Ее решимость была непоколебима, несмотря на страх.

Итак, Хануман, храбрый и мудрый,

Принес надежду Сите под чужим небом.

В этой одиссее мужества и мощи,

Это были рассказы о доблести, ярко горящие.

Поэтому в ее сердце ярко горело пламя, а
Стойкость была окутана безмолвной мощью.
Ибо даже в самый мрачный час Надежда шептала о свете свободы.

Обещание Ханумана и пламя возмездия

В сердце Ланки, под печальной луной,

Хануман встал - благо, оказанное так скоро.

К Сите, в отчаянии и унынии,

Он принес знак, обнадеживающую мелодию.

Кольцо Рамы, которое он держал в руке,

Символ любви, легенд былых времен.

"Мать, не бойся, ради сердца Рамы

Ярко горит для тебя, во веки веков."

Но Сита, с достоинством и грацией,

Отказался от побега в том темном месте.

"Только не от чужой руки", - сказала она с выражением лица

Будьте тверды: "Рама должен отомстить за эту базу".

"Только он может изменить нашу судьбу,

И убери эту тень, этот тяжелый груз.

Ибо в своем триумфе история великая,

Из Рамаяны мы должны творить".

Во взгляде Ситы сияет Хануман, достойная душа священных строк.
Девять Нидхи, божественные дары Хануману, священный знак.

Символы Нави (девяти) Нидхи, знание фортуны, милость Ханумана во веки веков.
В доверии Ситы - священное посвящение, рассказ о сокровищах в сияющих стихах.

Она вручила ему подарок (декоративную заколку для волос).,

Чтобы показать Раме ее жизнь, подбодрить.

Хануман поклялся с искренним сердцем,

Нести ее послание без страха.

И все же, перед своим отъездом, с пылким энтузиазмом,

Он поклялся Ланке, что не будет праздным гостем.

Через Наулаху Багх его гнев был выражен,

Валил деревья в мстительном стремлении.

При дворе Раваны, связанный и мрачный,
Дух Ханумана никогда не тускнеет.

С огненным хвостом и энергичной фигурой,
Он сбежал, устроив пожар, повинуясь своей прихоти.

Он перекидывал пламя с крыши на крышу,
Маяк хаоса, ужаса и страшилищ.
Одним прыжком веры, с постели у камина,
Его послание привело меня обратно к Раме.

К Кишкиндхе, с новостями, которые он принес,
О тяжелом положении Ситы и предстоящей битве.
История о мужестве, преподанный урок,
В анналах времени, навеки запечатленный.

Сердце всепрощения: Сострадательная милость Ситы

В глубинах Ланки, где танцевали тени,

Стояла Сита, ее дух был нетронут, не сожжен.

Ее сердце - оплот прощения и света,

Сиял во тьме, разгоняя ночь.

Когда Хануман, доблестный, предложил повторить,

Чтобы победить ее стражей, придумать им конец.,

Сита, с таким всепрощающим и добрым сердцем.,

Простил их поступки, их судьбы переплелись.

Она видела дальше их поступков, вынужденных и ужасных,

Отражение неугасимого огня Раваны.

Ее сочувствие - река, текущая глубоко и широко,

Видел души, плывущие по течению в тираническом потоке.

Щедрость тоже была песней ее натуры,

Черта, которая действительно принадлежала ей.

Для Ханумана она рассталась со своим драгоценным камнем,

Жест благодарности, королевская диадема.

В каждом проявлении доброты, в каждой прощающей улыбке,

Грация Ситы отдавалась эхом, преодолевая каждую милю.

Урок сострадания, в объятиях человечества.,

История о стойкости, достоинстве и грации.

Сага о Раме Сету: мост веры и воли

В эпоху, когда мифы приобретают оттенок реальности,

Перед ним лежал огромный океан, который требовалось покорить.

К далеким берегам Ланки ведет невидимый путь,

Лежала, скрытая в глубине, безмятежная пропасть.

Господь Рам, преисполнившись почтения, обратился за помощью к Варуне,

Чтобы утихомирить гнев моря, была смиренно высказана просьба.

Но с океанского трона царила тишина,

Направляя стрелы Рама через неведомые воды.

Море отступило, обнажив свою скрытую сердцевину,

Когда Варуна поднялся со дна океана.

С сожалением в голосе, но с мудростью в мольбе,

Предложил путь вперед, путь через море.

"Ищите Финал, - убеждал он, - благословленный божественной рукой,

Обладая непревзойденными навыками, он способен соединить море и сушу."

Нал, сын Вишвакармы, сведущий в архитектуре,

Суждено победить бесконечную жажду океана.

С силой Обезьяньей силы и путеводным светом Нала,

Возник мост длиной в 80 миль, являвший собой настоящее чудо.

Всего за пять дней, благодаря тяжелому труду и мастерству,

Путь был проложен одной лишь силой воли.

И все же в сказках, воспетых пером Тулсидаса,

Нил, близнец Наля, присоединяется к логову легенды.

Вместе они создали пролет могучего барана Сету,

Свидетельство единства Бога, обезьяны и человека.

Каменный мост, плывущий по волнам веры.,

Соединяющий два мира за столь короткое время.

Символ надежды там, где когда-то было отчаяние.,

Свидетельство веры, которая направляет наш путь.

В этой истории, где божественное и смертное сливаются воедино,

Это урок настойчивости, которому нет конца.

Рам Сету - нечто большее, чем камни и прилив,

Мост решимости, где обитают вера и мужество.

БИВИШАН КУМБХАКАРНА И ИНДРАДЖИТ: ТРИ МИФИЧЕСКИХ ДЕМОНА

Торжественная мольба Бивишана

В залах Ланки, величественных и необъятных,

Стоял Бивишан, благородный и добрый,

Голос разума среди бушующей бури,

Свет мудрости, заключенный во тьме.

Он обратился к Равану, своему брату, своему королю,

Со словами, нежными, как крыло голубки.,

- Прекрати это безумие, этот недостойный поступок,

Ибо против божественной силы тебе не победить".

Бивишан, ученый, с таким чистым сердцем,

Увидел истину, ясную и уверенную,

- Рам, аватар, его намерения надежны,

Противостоять ему - значит навлечь на себя неизвестное падение."

- Верни Ситу с честью, и пусть воцарится мир.,

В этом деле нам нечего терять, но можно многое приобрести.

Ибо в войне с божественным все усилия напрасны,

И только горе будет нашим притязанием".

Но Раван, в своей гордыне, был ослеплен и свиреп,

Презрел совет, слова, которые пронзают насквозь.

С таким твердым сердцем, что никто не смог бы пробить брешь.,

С презрительной усмешкой отверг своего брата.

Охваченный позором, Бивишан стоял,

Его мудрость была отвергнута, неправильно понята.

И все же его сердце было твердым и добрым,

Знал путь праведности, как и следовало ему.

Добро пожаловать, Бивишан, в лоно Рамы

В саге о борьбе и небесном могуществе,

Стоял Бивишан, олицетворение мудрости и света.

Изгнанный родственниками в такой суровый момент,

Он искал убежища в Раме, надежды во тьме.

Недоверие зародилось в сердцах многих,

Для родственника врага подозрений предостаточно.

Но Рама, с ясным и светлым пониманием,

Увидел мудреца внутри, сияющего светом.

В объятиях, глубоких и искренних,

Рама вновь приветствовал изгнанника.

- Ибо в твоем сердце живет мудрость,

И ваш совет в этой войне будет нашим руководством".

Среди настороженных, среди неуверенных,

Вера Рамы была тверда и чиста.

В Бивишане такое редкое сердце,
Ни с чем не сравнимая добродетельная душа.
Таким образом, в лагере, где обитают герои,
Они пришли рассказать историю Бивишана.
Свидетельство доверия, такая прочная связь,
В разгар битвы - решающая волна.

Божественный призыв

В эпических сказаниях, где вплетены мифы,

Поиски Рамы, божественный замысел.

До самого моря, до границы Ланки,

Искал милости Дурги, прекрасного благословения.

Не в стихах Валмики, а в дыхании Пуран,

Поклонение Рамы Дурге перед смертью Ланки.

Это жест чести, о котором он говорит на каждом шагу.,

Хранителю Ланки, в венке веры.

Дурга Деви, некогда щит Ланки,

До правления Раваны я действительно уступал ей.

Рама, король, на поле битвы,

В царстве Дурги была раскрыта его миссия.

Как хозяин, стоял Рама, благочестивый и чистый,

Брахма, как жрец, должен провести обряд.

С цветами лотоса, сто восемь штук, приманка,

Чтобы угодить "Ма Дурге", чтобы добиться ее милости.

В этом священном акте уважение воина,
Никто не пренебрегает божественным защитником.
Дань уважения Раме, тонкий аспект,
О долге короля, о божественном пересечении.

Так поклонялся Рама с таким светлым сердцем,
Дурга Деви в своем могучем могуществе.
Королевский этикет в глазах небес,
Прежде чем пересечь океан и вступить в бой.

Падение Кумбхакарны

На земле Ланка, где правят демоны,
Спал Кумбхакарна, закованный в цепи сна.
Шесть месяцев бодрствовал, потом шесть спал,
Его покой так глубок, как глубина океана.

В битве на Ланке интрига улетучивается,
посланные опытные солдаты исчезают из виду.
Равана в отчаянии строит козни, Чтобы пробить
брешь в рядах Рамы, раскрывая его тайны.

В тени шпионы плетут невидимую паутину, Но
Рама может оставаться невозмутимым.
Жуткая уловка, разорванное обличье, голова
Рамы, попытки обмана.

Сита, непоколебимая, отвергает ложь, Она бы
полагалась на истину любви.
Заговоры Раваны, плетенные во тьме, Вопреки
свету любви, разрушены.

Равана, поверженный, во власти ярости,
Вызвал своего брата, могучего и смелого.
Целый отряд послан, чтобы нарушить его покой,
В пещере, где он лежал, в гнезде дремы.

Как огромная гора, в объятиях сна,

Фигура Кумбхакарны, грация великана.

Приготовленный пир, грандиозное угощение,

Чтобы поднять спящего с постели.

Олени и буйволы, горячий рис, от которого идет пар,

Банки с кровью, устрашающее количество.

Наконец он проснулся и широко зевнул,

Поглощал угощение с приливом голода.

Раскрыта причина его внезапного пробуждения,

Мольба Раваны, ради спасения его королевства.

Кумбхакарна давал советы с дыханием мудрости,

"Верни Ситу и избежи смерти".

Но сердце Раваны жаждало мести,

Расшевелил своего брата из "края мудрости".

Своему долгу и королевству, поклявшись в верности,

Таким образом, он был доставлен на поле боя.

Демон войны, неукротимая сила,

Обезьяны падали, их души были искалечены.

Даже Хануман, в своем могуществе,
Боролся с этим устрашающим зрелищем.

Он вступил в ожесточенную схватку с Сугривой,
Сквозь ряды обезьян он все-таки прорвался.
И все же, король обезьян, в доблестной битве,
Ранил великана в его тяжелом положении.

Тогда Рама шагнул вперед, пронзенный острыми стрелами,
На фоне Кумбхакарны - невиданное зрелище.
Руки, затем ноги он отрубил начисто,
Каждое падение вызывает страх у сотни обезьян.

Наконец, роковая стрела все-таки полетела,
Ударился головой под самым небом.
Кумбхакарна в своем последнем реве,
Разбился о море, чтобы больше не подняться.

В его падении, в такой грандиозной истории,
О верности и позиции демона.

В саге о Ланке его имя широко распространено,
Кумбхакарна, демон превосходит.

Плач Раваны

В тенистых залах трона Ланки,

Равана плакал от горя в одиночестве.

Известие о безвременной кончине его брата,

По дворцу разнесся скорбный зов.

Павший титан, великий воин,

Судьба Кумбхакарны, предрешенная ненавистью.

Равана, в глубоких объятиях своей печали,

Столкнулся с потерей, с темным пространством своего сердца.

Затем Индраджит, сын грозной мощи,

Он стоял перед своим отцом, словно фигура из света.

"Отец, в своем горе, не колеблясь,

Ибо я поднимусь в этой схватке".

С обещанием силы, с убеждением воина.,

Индраджит поклялся отомстить за это.

Направляясь на поле боя, он проложил свой курс,

Несущий на себе тяжесть раскаяния своего отца.

В его сердце бушевал пожар войны.,

Сыновний долг, легендарное предание.

Против Рамы и его доблестного отряда,

Индраджит будет настаивать на своем.

Таким образом, из пепла скорби восстала новая надежда,

Решимость сына встретиться лицом к лицу со своими врагами.

В саге о Ланке открылась новая глава,

Сила Индраджита, истинная в бою.

Индраджит, наследник Ланки

В царстве богов и смертных людей,

Стоял Индраджит из логова льва.

Старший сын Равана, коронованного особы Ланки,

Обладатель доблести, большой известности.

Повелитель Индралоки (рая), свирепый воин,

Его боевые навыки могли пронзить небеса.

Вооруженные небесным оружием, они являли собой достойное зрелище,

В магии и колдовстве он обладал неописуемой силой.

Однажды, когда Равана, его отец, был задержан,

Господом Индрой (Богом-царем), заключенным в узы, вынужденные,

Меганада поднялась, в ярости надулась,

Против Богов, его гнев не утихал.

Он напал на бога-короля и его слона,

В столкновении титанов произошла космическая ссора.

Захватил в плен владыку небесного престола,

Такой дерзкий подвиг, подвиг элиты.

Снова на Ланке, с Индрой в цепях.,

Предложение смерти, но тщетное.

Ибо вмешался Брахма, обратившись с такой ясной просьбой,

И сердце Меганады он действительно завоевал.

Отвергая смерть, он искал благодеяния,

Бессмертие - вполне уместное желание.

Отвергнутый этой судьбой, но одаренный заново,

Небесная колесница небесного оттенка.

Брахма, пораженный мощью воина,

Даровал ему имя, яркое, как свет.

Индраджит, завоеватель царства Индры,

Судя по его названию, история ошеломляет.

На четырнадцать лет он должен был отказаться от сна,

Чтобы встретить свой конец, как смертный на костре.

В рассказах о доблести, в мифах мы участвуем,

Наследие Индраджита, вечно бодрствующее.

Титанические поиски Хануманом Санджевани

В анналах сражений, на свирепой земле Ланки,

Князья и воины заняли свою позицию.

Сквозь дни конфликтов и ночи, проведенные незамеченными,

Разворачивалась война, жестокая и острая.

Индраджит, сын Раваны, в своей гневной мощи,

Сразил Лакшману "Шакти" в бою.

Тяжелая рана, ужасное положение,

Отбрасывает тень на свет.

Затем Хануман, в своей невыразимой силе,

Принял облик исполина, храброго и дерзновенного.

К Гималаям, сквозь облака, катившиеся,

В поисках травы, как и было предсказано.

На горе Санджевани его взгляд действительно скользнул,

Над травами и флорой - зеленеющая куча.

И все же лекарство неуловимо на этом горном склоне.,

Оставил Ханумана в глубоком затруднении.

С решимостью, твердой, как ядро земли,

Он поднял гору - невероятная работа.

Вернувшись на Ланку, он перенес все это,

Подвиг мощи, из легенд и преданий.

Рядом с Лакшманой гора, которую он принес,

Чудо надежды, чреватое исцелением.

В этом действии - победа, а не только в бою,

Но о силе преданности и чистом свете любви.

Гудакеш: Бдение Лакшмана а

В шепчущих глубинах древнего предания,

Где вера и долг сочетаются в основе.

Лакшмана, непоколебимый в своем священном стремлении,

Чтобы охранять Господа Раму в безмятежном лесном покое.

С Ситой рядом, на тенистой поляне изгнанника.,

Решимость Лакшмана, бдительный крестовый поход.

Плащ Ночи распахнулся, но его взгляд так и не опустился,

В объятиях преданности он разрушил чары сна.

Нидре Деви, богине царства Сна,

Молил Лакшман, рулевой у руля жизни.

"Даруй мне бодрствование ради их безопасности".

Его мольба, жертва, которую он решил принести.

Впечатлен его преданностью, такой редкой и глубокой,

Богиня уступила, но сон должен был продолжаться.

Урмила, его возлюбленная, дала молчаливую клятву любви,

Погрузился в свой сон с непоколебимой решимостью.

Таким образом, Лакшман, Гудакеш, покоритель ночи,

Стоял непоколебимо, как страж света.

Только для него, погибели спящего.,

Мог бы привести Мегнада, демона, к его окончательному правлению.

Мегхнад, свирепый, наследник небесного оружия,

Владеющий Брахмастрой, Нараян-астрой, в военном деле.

Пашупат-астра тоже, во всей мощи своего арсенала,

Грозный враг во всех отношениях.

И все же, среди грохота битвы и хмурого взгляда небес,

Это была рука Лакшмана, которая сбила его с ног.

Ибо во время его бдения была дарована сила,

Помимо простого оружия, предсказанная судьба.

В этой древней сказке, где все еще поют мифы,

О преданности, самопожертвовании и силе, которую они приносят.

Существует легенда о Лакшмане, сердце воина,

История о победе, в которой долг играет свою роль.

В танце судьбы, где возвышаются герои.,

Сказка Лакшмана, небесная сага.

Гудакеш, бодрствующий, на дыхании истории,

Символ стойкости в жизни и смерти.

Поединок Индраджита и Лакшманы

В муках безжалостной ярости войны,

История разворачивается на страницах истории.

Индраджит, стремящийся к непобедимой мощи,

Искал благосклонности своего божества в тайном обряде.

Направляясь к скрытому храму, он склонил свои стопы,

Ради божественной силы, его замысла.

Но Бивишан, некогда родственник, теперь враг,

Раме открылось это надвигающееся горе.

В святилище, где должен царить мир,

Лакшмана и Бивишан, против чар.

Индраджит, безоружный, но свирепый в бою,

Сталкивался с посудой, находясь в странном положении.

Поклонение Индраджиту окутано ночными тенями, шепот проклятий предвещает бедственное положение преданного.

БОЖЕСТВЕННЫЙ РАССВЕТ

Когда Никумвила деви стала свидетельницей прерванного обряда, погоня за бессмертием оказалась под ударом судьбы.

Проклиная своего дядю, Индраджит размотал нить времени и почувствовал приближение рока. В переплетении времен - зловещий указ, судьба принца-демона, глава, которой еще предстоит открыться.

Последняя битва Индраджита

В последние часы своей смертной истории,
Индраджит стоял, гордый и бледный одновременно.
Хорошо зная руку судьбы,
Он попрощался с нами у врат судьбы.

Дорогим родителям и такой верной жене,
Его последние слова были подобны утренней росе.
Прощание воина, искреннее и необузданное,
В тени непреложного закона небес.

Возвращайся в бой, пылая отвагой.,
Против Лакшманы, чтобы возвысить его доблесть.
С военным искусством и колдовским лабиринтом,
Он сражался, как умирающее сияние кометы.

Но Лакшмана, в своем небесном могуществе,
Он был непреодолимой силой, маяком света.
С Индрастрой в руке, наносящей такой яркий удар.,

БОЖЕСТВЕННЫЙ РАССВЕТ

Он сразил Индраджита, положив конец его борьбе.

Танец воина на поле боя,

Ярость Индраджита, его последний шанс.

Ванарас впал в трагический транс,

Когда он ждал последнего удара судьбы.

Дважды он побеждал Раму, столь дорогого ему принца,

И Лакшмана тоже, без всякого страха.

И все же в этой истории есть очевидная правда,

Путь Адхармы, конец которого близок.

Индраджит, Атимахарати, дыхание легенды,

В его падении - глубокий урок.

Одна лишь сила, мимолетный призрак.,

Если это противоречит дхарме, оно обнажает свои ножны.

Хотя он бежал хитро и быстро,

Его сердце горело жаждой мести.

Наказывать за оскорбление - вот кредо его божества.,

В пылу битвы он поклялся продолжать.

Титаническое столкновение под взором небес,

Как поклялся Индраджит, "Бивишан умрет!"

Но Лакшмана стоял, решительный и надменный,

Защитник, воин под небесами.

С небесным оружием, грозным и величественным,

Брахмастра и Пашупата когда-то были в руках Индраджита,

И Вайшнавастра тоже, трио столь величественное,

Обрушенный на Лакшману, последний удар.

И все же плетение судьбы, такое сложное и тонкое,

Увидел, как Лакшмана стоит в божественной силе.

В самом центре битвы, где переплетаются судьбы,

Поединок эпох, замысел истории.

В столкновении воль, где Боги могли бы взирать,

Положи конец Индраджиту в пылу битвы.

Сага о доблести на протяжении долгого периода времени,

Эхо разносится в вечности бесконечными путями.

Скорбь Раваны по Индраджиту

В самом сердце Ланки, где падают тени,

Равана стоял, высокий, как титан.

Известие о печальной кончине его сына,

Это нанесло ему глубокий удар, незаживающую рану.

На поле боя лежал убитый его сын,

История закончилась в цепи скорби.

Равана, могучий, упал на землю,

Погруженный в глубокое горе.

Время шло, а он лежал в обмороке,

Под скорбной, безмолвной луной.

Когда здравый смысл вернулся к нему, его сердце действительно разбилось,

С болью отца, ради своего ребенка.

Слезы текли, как реки в ночи.,

Ради Индраджита, его гордости, его могущества.

"О, сын мой", - закричал он от боли,

- Из-за твоей потери моя жизнь напрасна.

Вне себя, в глубокой агонии,
Душа Раваны заплакала.
Жалоба, грубая и дикая,
Из-за потери своего любимого ребенка.

В своем дворце, когда-то наполненном радостными криками,
Теперь это звучало эхом отцовских слез.
Титан, сломленный жестокой рукой судьбы,
На закате своей некогда великой страны.

ПРОТИВОСТОЯНИЕ РАМЫ И РАВАНЫ

Злополучная доблесть Раваны

На башне, высокой и величественной,

Стоял Равана, обозревая свою землю.

Битва бушевала вовсю, являя собой устрашающее зрелище,

Его воины погибли в угасающем свете.

После кровавой бойни его гнев возрос,

Буря внутри, яростная и настоящая.

Он молился богам, исполняя положенный ритуал,

В доспехах, с героическим видом.

Величественным он казался в своей царственной мощи,

Король готовился к последней битве.

И все же под этим фасадом скрывается неустойчивое положение,

Ибо он не видел хода войны.

Он подозвал свою колесницу и торжественно поклялся,

- К концу дня удача улыбнется нам.

Будь то мое или Рамы, судьба позволит,

Эта война должна закончиться здесь и сейчас".

Несмотря на доспехи, он сиял, как огненная звезда,

Его судьба была предначертана, близкая и далекая.

Героическая внешность, но со шрамом,

Ибо доблесть истинная, исходившая от него, была приоткрыта.

Эта история повествует в своем скорбном символе веры,

Одна только эта бравада не порождает героев.

Равана в своем спектакле не смог повести за собой,

Ибо истинный героизм - это нечто большее, чем просто поступок.

Его любовь к показухе - трагический недостаток,

Король, который правил, но с благоговением.

В его последней битве мир увидел,

Проигранная битва вопреки закону дхармы.

Так стоит Равана, величественная фигура,

Урок жизни, тяжелый и в то же время безобидный.

Истинный героизм не в могучей руке,

Но в сердце своем стой тихо и смиренно.

В анналах времени рассказана его история,

О короле, таком смелом, но таком холодном.

В своем последнем бою, на повороте истории,

История гордости, которой много веков.

Колесницы судьбы: Рама против Раваны

В сердце эпоса, где сталкиваются судьбы,

Сами боги не могли этого вынести.

На помощь Раме они послали проводника,

Колесница Индры, исполненная небесной гордости.

Матали, возничий, хранитель небесных знаний,

Привезли колесницу, наделенную огромной силой.

От Индры, Брахмы, Шивы он нес,

Божественное вмешательство в суть войны.

Рама, опасающийся темной игры обмана,

Усомнился в даре небесной власти.

Но Хануман и Лакшмана успокоили его,

Страхи, побуждающие его воспользоваться моментом.

Рама поднялся на колесницу,

БОЖЕСТВЕННЫЙ РАССВЕТ

С оружием в руках, лицом к лицу со своими врагами.

Ветры судьбы теперь явно дуют,

В этой божественной колеснице его уверенность растет.

Тем временем Равана, попавший в плен к Фьюри,

Бросился вперед с затуманенным рассудком.

Игнорируя всевозможные предзнаменования,

Его колесница мчалась, покорившись судьбе.

Поле битвы, грандиозная декорация,

Где герой и злодей встретились в бою.

Рама был спокоен, его курс был безупречен,

Против Раваны, в сетях гнева.

Спокойствие Рамы - разительный контраст,

К гневу Раваны, в отбрасываемых тенях.

Судьба последнего, охваченного гневом.,

Казалось, он обречен, его удел - быть вечным изгоем.

Равана, слепой к знаку судьбы.,

Устремился вперед, по своей роковой линии.

В то время как Рама стоял, безмятежный, божественный,

На волоске судьбы - тонкая-претонкая бечевка.

В этом эпическом столкновении мир действительно увидел,

Сила спокойствия в разгуле Фьюри.

Ибо по милости Рамы и указу Раваны,

Преподносите уроки жизни и ее тайны.

Когда колесницы танцевали под громкий барабанный бой войны.,

Наконец-то настал момент истины.

Битва воль, в которой некоторые уступают,

В самом центре эпопеи, в ее кульминационном моменте, гул.

Рама и Равана в своей последней схватке,

Одним движет вера, другим - сомнения.

В этой космической дуэли все зависит от,

Природа судьбы была разъяснена.

Поединок судьбы: Сострадательная мощь Рамы

На поле боя, где вплетены судьбы.,

Рама остановился, пораженный столь божественной мыслью.

"Если армия Раваны падет, может ли он склониться,

Чтобы изменить его сердце и направить на путь милосердия?"

Но Равана в своей неустанной погоне,

Равнодушный к милосердию, непоколебимый в своей основе.

Он затрубил в свою раковину с вызывающей грацией,

Бросая вызов космосу лицом к лицу.

Из вселенной - божественный ответ.,

Раковина Вишну в бескрайнем небе,

Отозвалось эхом в небесном крике,

Матали, возничий, присоединился к ним, и раковина Индры действительно взлетела.

Битва началась, и это было устрашающее зрелище,

Стрелы Раваны в яростном полете.

И все же стрелы Рамы в своей праведной мощи,

Остановил их на полпути, в тяжелом положении во время полета.

Подход Рамы, логичный и ясный,

Предлагая Раване шанс дорожить жизнью.

Свидетельство доброты, искренности,

Даже к тем, кто находится в сфере ненависти.

Рама стоял с луком и стрелами в руках.,

Символ героизма, направленного на общее благо.

Его оружие, сделанное не только из дерева,

Но о дхарме, как и должно быть.

Рама, герой, в своей доблестной роли,

Стремясь исцелить, залечить раны, утешить.

Его сострадание, значительная потеря,

В эпическом повествовании это играет жизненно важную роль.

Таким образом, в этом столкновении, где танцевали стрелы,

Достоинства Рамы в каждой позе возрастали.

Несмотря на ярость Раваны, он двинулся вперед,

БОЖЕСТВЕННЫЙ РАССВЕТ

В поединке судеб судьба решилась сама.

В этой поэтической саге, такой величественной и древней,

История Рамы, рассказанная с героизмом.

Не только о битвах, жестоких и смелых,

Но с золотым сердцем, которое никогда не бывает холодным.

Небеса судьбы: Праведная битва Рамы

В просторах небес, где сплетаются нити судьбы.,

Равана увидел Раму в сияющей колеснице Индры.

Вспыхнула ярость на избранника богов,

Его стрелы были выпущены в бегстве ненависти.

И все же Рама, безмятежный в своем божественном могуществе,

Его стрелы - щит в неземной битве.

Даже в объятиях Раваны это было потрясающее зрелище,

Никто не мог прикоснуться к нему в его праведном свете.

Равана, в темных объятиях своего лицемерия,

Сражался с божеством, за которым когда-то гонялся.

Его сила не идет ни в какое сравнение с грацией Рамы,

Битва нравов в космическом пространстве.

Равана устремился в небо с мстительным сердцем,

БОЖЕСТВЕННЫЙ РАССВЕТ

Рама следовал своему долгу - делиться.

Хотя Равана нанес удар своим смертоносным искусством,

Решимость Рамы никогда не покидала его.

Армия Рамы, стоявшая сверху, встретила свою гибель лицом к лицу,

И все же стрелы Рамы, пронзившие небо, расцвели.

При каждом наступлении Раваны они поглощали,

В небесном танце, в безжалостном мраке.

Печальный момент, когда кони Рамы пали,

Матали ранен, как набатный колокол.

Рама замолчал, охваченный горем,

Мгновение нерешительности в разгар битвы.

Выздоровление пришло вместе с божественным знамением,

Взгромоздившийся орел - символ милосердия.

Благосклонность богов в этой самой строке,

Путь Рамы снова засиял ярким светом.

Их колесницы облетели весь мир,

Космическая погоня в таком голубом небе.

Снова над Ланкой, с высоты птичьего полета,
Они знали, что стрелы Рамы пробивают доспехи Раваны насквозь.

Доброта Рамы, его погруженная в себя душа,
Это дало ему время переосмыслить свою роль.

Вознагражденный знаками, он достиг своей цели,
В своей борьбе со злом он полностью выполнил свою роль.

Таким образом, в небесах развернулась битва веков,
История морали на страницах истории.
Добродетель Рамы в разгар войны,
Свидетельство дхармы, проходящей через этапы развития эпох.

Столкновение космических сил: Просветленная война Рамы

На огромной арене небесной борьбы,

Равана размахивал оружием с переполняющей его яростью.

Битва уже не за жизнь простого смертного,

Но о сверхъестественных силах, острых, как нож.

Рама, неустрашимый, его стрелы так метки,

Каждое оружие Раваны он спокойно подавлял.

Затем появилась иллюзия, обманчивая уловка,

Призрачные армии, призрачное насилие.

Матали, ныне оживший, обладающий столь редкой мудростью,

Направлял Раму, чтобы противостоять призрачной ловушке.

Используя оружие проницательности, ни с чем не сравнимое,

Призраки растворились в воздухе.

Равана в отчаянии разыграл свою темную карту,

Вызывающий бурю на море и суше.

Но Рама, проведя контратаку, выстоял,

Рассеивая хаос величественным жестом.

Затем появилось самое смертоносное оружие из всех существующих,

"Астра", от столкновения с которой многие бы упали.

Но Рама, в своем спокойствии, не стал медлить,

Произнеся заклинание, он вывел оружие из строя.

Равана в шоке, его вера в неожиданный поворот событий,

"Может ли Рама быть божеством, аватаром среди нас?"

И все же в своем гневе он отверг правду,

Решил бороться, своей судьбе сопротивляться.

Он метал пылающее оружие, огненную волну,

Но Рама, не дрогнув, отогнал их в сторону.

Вернувшись в Равану, они встретили вызов,

Отражение его собственного гнева, усиленное.

Рама, герой не только физической мощи,

Но о мудрости, проницательности и путеводном свете.

Перед лицом обмана он стоял прямо,

Обладая божественным знанием, он сражался в этой битве.

Равана, хотя и сомневался, выбрал свой путь,

Ослепленный яростью, неспособный понять.

Что логика судьбы в его гневе,

Вел его к неизбежным последствиям.

В этой эпической битве, где сталкиваются разные силы,

Просветление Рамы, его самый верный проводник.

Герой не только в бою, но и внутри,

Где обитают мудрость и самопознание.

Благородный воин: триумф Рамы

В суматохе войны, где сталкиваются судьбы,

Равана встал, его надежды обратились в пепел.

В то время как Рама, становясь все сильнее, в своем доблестном рывке,

В оглушительной вспышке он выпустил свои стрелы.

Головы Раваны, отрубленные в схватке,

Возродился заново, демонстрируя чудовищную силу.

Дьяволы и демоницы в этом хаосе действительно играли,

Пир за счет павших в гротескном балете.

И все же, когда Равана дрогнул, им овладела слабость,

Рама, достопочтенный, контролировал свою атаку.

В этот момент слабости он не раскрылся,

Его удар, по чести, дороже золота.

Равана, придя в себя, в гневе отругал своего бычка,

Который явил милость Рамы посреди страха.

Равана в этой истине увидел нечто ясное,

Это честь для Рамы, особая и искренняя.

С новой яростью Равана пустил в ход всю свою мощь,

Рама, собравшись с духом, понял, что время пришло.

Чтобы положить конец этой войне, в этой последней битве,

Со специальной 'астрой' (оружием), нацеленной на ночь.

Он молился, призывая силу астры,

Нацеленный в сердце Раваны в последний час.

Для его рук и головы, хотя и крепких, как башня,

Его сердце оставалось уязвимым, роковым цветком.

Астра ударила с божественной силой,

Равана сошел со своего возвышенного пути.

После смерти на его лице не отразилось никакого раскаяния,

Но покой, словно очищенный от источника зла.

Рама, победоносный в своем праведном могуществе,

Проинструктировал Матали, чтобы он прекратил их бегство.

С благодарностью и почетом, в небесном свете,

Он отправил его обратно, на высоту небес.

Ибо даже после смерти Рама сиял своей добротой,

Преображающий Равану с трона его тирана.

В его медитации на Раму был посеян мир,

Спокойный конец, в некотором роде, искупление вины.

ПОБЕДА РАМЫ НА ЛАНКЕ: ОТГОЛОСКИ И ПОСЛЕДСТВИЯ

Рассвет праведности

В древней саге, где витают отголоски сражений, воцарилась тишина, когда Равана познакомился со своим преданием.

Вечная война, громкий зов истины, Божественные добродетели восторжествовали, воцарилась ложь.

Столкновение миров, правильного и неправильного,

В руках Рамы - песня судьбы.

Праведность стояла, доблестная и сильная,

Неправедность была побеждена там, где ей не место.

Со смертью Раваны война действительно прекратилась,

А вслед за этим - вновь обретенный покой.

Яркое солнце Истины, восходя, действительно увеличивало,

Божественные добродетели в их золотом руне.

Рама, герой, справедливый и непорочный,

Объявлен Бивишаном, наследником Ланки.

Обещание было выполнено с редкой честью,

Новое царство праведности в логове Ланки.

Бивишан, когда-то искавший убежища,

По милости Рамы было куплено королевство.

Правилом добродетели, как ему и следовало,

В стране, где происходили сражения.

Так закончилась война космического масштаба,

Истина и праведность действительно восторжествовали.

В анналах времени - вечная сказка.,

Там, где могучий корабль добра поднимает паруса.

В этой истории, где мораль совпадает,

Победа Рамы, божественный замысел.

Свидетельство добродетели, священный знак,

В сердце праведности, чтобы вечно сиять.

Радостное освобождение

В тихих садах, где жила Сита,

Пришла новость, которая подняла ее тень.

Равана, захвативший его в плен, был убит рукой Рамы,

В ее сердце ярко вспыхнул рассвет радости.

Ее сердце, трепещущее от счастья, воспарило,

Цепи отчаяния наконец-то были сброшены.

Конец тирана, клянусь ее возлюбленным господом,

Момент триумфа, подобный гармоничному аккорду.

Долго она ждала в глубоком колодце скорби,

Ее дух, стойкий, находится под чарами плена.

Теперь, после кончины Раваны, колокол освобождения,

Разнесся в воздухе победный клич.

Ее страстное желание воссоединиться со своим дорогим Рамой,

Неразрывная любовь среди жизненных драм.

В конце ее испытаний - целебный бальзам.,

Ожидало воссоединение в тишине сиренити.

Безмерно возросла ее радость,

Как теплые объятия солнца в утреннем небе.

Ее сердце бешено колотилось, а глаза горели нетерпением,

Увидеть своего повелителя, свою заветную добычу.

От ее радости весь мир, казалось, пел,

Мелодия свободы, летящая на крыльях надежды.

Сита, пленница, считавшаяся царицей царя,

В саге о любви ее история подобна кольцу.

Таким образом, весть о победе звучит сладким припевом,

Покончил с ее печалью, с ее болью, с ее цепями.

В ее сердце любовь Рамы - постоянный источник,

Еще раз вместе, во владениях счастья.

Испытание и триумф

В царстве, где обитают мифы и легенды,

История Ситы, эта трогательная глава, действительно рассказывает о многом.

Свою сущность она передала вместе с огнем,

И все же ей пришлось пройти испытание, чтобы доказать свою гениальность.

Испытание огнем, чтобы показать ей правду,

Доказательство ее целомудрия в нестареющей юности.

Она храбро шагнула в пламя,

С верой и честью, адепт ее сердца.

В царстве Агни (Бога огня) была запечатлена история о мистическом сотворении мира, "Тень Ситы", неземное откровение.
Богиня создает иллюзию, призрачный облик,
Двойник Ситы, окутанный божественными узами.

На этапе похищения разворачиваются события, которые надежно удерживает настоящая Сита, находящаяся под защитой Агни.

В объятиях Агни, в иллюзорном танце, Кто-то поглощается, кто-то появляется, в сложном трансе истины.

Однако из огня появилась Сита, сияющая и ясная,

Ее слава, ее божественность сияли во всех сферах.

Озаренная светом чистоты, она стояла, такая дорогая,

После долгого ожидания она присоединилась к Раме, своему мужу, стоявшему рядом.

И все же их королевство лежало далеко, как далекая мечта,

Айодхья в их сердцах - это постоянный луч.

Вернуться на свою землю, в свое законное царство,

Небесная колесница, появившаяся у руля.

Пушпак Вимана, летающая колесница, божественный корабль,

На его крыльях дули ветры судьбы (прим. ред.).

Чтобы унести их домой по огромной небесной шахте,

Путешествие с надеждой на плоту времени.

Таким образом, с острова Ланка они поднялись в небо,

Паря над землями, где лежит судьба.

Вместе, объединенные, под небесным взором,

Направляются в Айодхью, где их связывает будущее.

История об испытаниях, любви и возвращении,

В истории Ситы содержатся глубокие уроки.

О силе, чистоте, о любви, которая жаждет,

В сердце эпоса, где бурлит дхарма.

Они полетели в свое королевство на таких величественных крыльях,

Рама –Сита и Лакшмана, рука об руку.

Несмотря на испытания и триумфы, они выстояли,

Чтобы снова править на своей любимой земле.

Узы братства

В глубине леса, где шепчутся люди.,

О клятве Бхараты, обещании жить вечно.

Должен ли Рама медлить, не поддаваясь чарам изгнанника,

В пламени погребального костра Бхарата должен был попрощаться.

Рама в глубине души очень дорожил Бхаратой,

Любовь его брата, чистая, без страха.

Гонка со временем, приближающаяся,

Чтобы спасти Бхарату, которого он почитал.

В срочном порядке Хануман поднялся в небо,

Быстрый гонец, в чем и заключается его долг.

Он полетел к Бхарате, чтобы передать узы,

О возвращении Рамы под открытым небом.

Любовь Бхараты, такое яркое пламя,

Обувь Рамы на троне представляла собой потрясающее зрелище.

Символ уважения в свете королевства,

БОЖЕСТВЕННЫЙ РАССВЕТ

Ради своего брата, радости его сердца.

Услышав эту новость, я испытал безграничную радость,

Сердце Бхараты гулко забилось.

На границе Айодхьи они с Шатругной были найдены,

Там, где колесница Рамы коснулась бы земли.

В предвкушении их сердца действительно затрепетали,

Ради момента воссоединения, ради возвращения.

Братья, разлученные суровой судьбой,

Их связь была неразрывной, в любовном вихре.

Вимана опустилась - зрелище, достойное восхищения,

Рама сошел на землю, как и было сказано в пророчестве.

Четверо братьев встретились, охваченные смелыми чувствами,

История любви, которой нет возраста.

В их объятиях мир действительно увидел,

Сила любви была крепка, как дерево.

Узы братства, чистые и свободные,

В сердце четырех братьев, навсегда.

Их радость - широкая река, текущая,

Они действительно жили в самом сердце королевства.

Наконец-то мы вместе, бок о бок,

В потоке любви они испытывали гордость.

Таким образом, в анналах времени это записано,

О братской любви, которой никогда не было конца.

Несмотря на испытания и время, она действительно превзошла,

Свидетельство любви, которую посылают небеса.

Одиссея изгнания: Четырнадцатилетнее пребывание Рама

Из сердца Айодхьи, где были пролиты слезы,
Принц отправился в путь, по пути судьбы.
Его путешествие охватывает все страны и времена,
В старинной сказке, которая проходит через века.

Сначала в Праяг, где реки встречаются и поют,
Их воды шепчут о будущем короле.
Слияние веры, где переплетаются истории,
Отмечая ступени божественной родословной.

Затем в Читракут, в объятия природы,
Оазис безмятежности, спокойное место.
Здесь, среди лесного спокойствия и умиротворенности,
Бурные приливы жизни на мгновение прекратились.

Панчавати манила к себе, пышная и дикая,
Лесной дом, нетронутая природа.

В его глубинах разворачивалась целая сага,

Где танцуют тени и горят огни судьбы (прим. ред.).

Вперед, в Кишкинду, царство обезьян и камня,

Где заключались союзы, в неизвестном мире.

Здесь, в крепких узах дружбы и доверия,

Была собрана сила, единственная в своем роде.

В Рамешварам, где пески сливаются с морями,

Мост надежды, всплеск человечества.

Каждая песчинка - свидетельство воли,

Где вера двигала горы, а воды стояли неподвижно.

Наконец, на берегах Ланкийской земли,

Где происходили последние сражения и победа была близка.

Страна легенд, где переплетаются эпосы.,

И рассказы о доблести вознеслись до небес.

Четырнадцать лет - это путешествие сердца и души,

Через сферы и эмоции, к предначертанной цели.

На каждом шагу - своя история, в каждой стране, отдельно друг от друга.,

О вечном путешествии Рамы, о карте человеческого сердца.

Радостная коронация: возвращение Рамы в Айодхью

В сердце Айодхьи, где живет надежда,

Коронация, страницы истории ждут своего часа.

К возвращению Рамы город готовится,

Праздник, с которым не сравнится ни один другой.

Четырнадцать лет, полных тоски, потраченных впустую,

Теперь кульминацией станет радостное событие.

Улицы были украшены праздничными нарядами,

Великолепная сцена в каждом эпизоде.

Горожане, их сердца горят,

В присутствии Рамы это было восхитительное зрелище.

Их король вернулся в своем праведном могуществе,

Рассвет счастья после долгой ночи.

Придворные и члены семьи собрались рядом.,

БОЖЕСТВЕННЫЙ РАССВЕТ

Атмосфера была заряжена жизнерадостностью.

Блаженство и радость витают в воздухе, таком чистом,

Этого момента ждали год за годом.

Рама и Сита, бок о бок,

В королевском величии, гордости своего королевства.

Как король и королева, они правят,

Мы связаны любовью и долгом навеки.

Айодхья ликовала праздничным тоном,

Их возлюбленный Рама восседает на троне.

Любовь к городу, так ярко проявленная,

В сиянии счастья, только что посеянного.

В каждом уголке королевства царит ликование,

Праздновали праведную коронацию Рамы.

Момент единства, божественная основа,

За мирное правление и процветающую нацию.

Таким образом, в Айодхье царила радость,

Когда Рама вернулся в свои владения.

В каждом сердце - блаженное напряжение.,

Король и королева снова будут править.

Горько-сладкое прощание

На волне грандиозного прилива ликования,

Наступил момент расставания бок о бок.

Обезьянья сила с широко открытыми сердцами,

Предстояло прощание, путешествие в байд.

Сугрива, Джамбуван, Ангада на буксире,

Их лица были омрачены печальным сиянием.

Уход Рамы - удар по их душам,

Плата за отъезд накладывает свой отпечаток.

Королевские гости с тяжелым сердцем,

С дорогими воспоминаниями, нежными и взыскательными.

Никто не хотел расставаться с таким пьянящим теплом,

По милости Рамы, уверенный и готовый.

Среди них Хануман, верный и правдивый,

По мере приближения момента его горе становилось все глубже.

Оставить позади своего Бога, косо посмотреть на него,

Его преданность, новая вечная связь.

Ему поручено служить на земле Кишкиндхи,

Хануман повиновался, как велела судьба (прим. ред.).

Но его сердце осталось, как нить,

Связан с Рамой такими великими узами.

Отъезд друзей, сцена, вызывающая смешанные чувства,

Смесь долга, любви и преданности.

Каждый шаг в сторону - как капля в море.,

Об их любви к Раме - глубоком, необъятном понятии.

Ворота Айодхьи, увидел, как они поворачиваются спиной,

Уезжая в свои дома, они тоскуют.

Но в их сердцах действительно горело пламя,

Ради любви Рамы, ради его возвращения.

Итак, прощание, горько-сладкое в своей фазе,

Отмеченный любовью во многих отношениях.

Хотя они расстались, в их взгляде,
Дайте обещание о встрече в будущем.

УТТАР КАНДА: ЗАПРЕДЕЛЬНАЯ ОДИССЕЯ

Безмятежное царство и печальное изгнание

В спокойных тонах дня Уттара-Канды,

Рама, как Вишну, в безмятежном царстве,

Царствовал в Айодхье, где ходили легенды,

Из рода демонов, по словам Агастьи.

В безопасности и безмятежности, в самом сердце своего королевства,

Рама слушал сказки - древнее искусство.

Из рода Раваны, находящегося в другом мире,

В тишине 'Канда' - тихое начало.

И все же, несмотря на этот покой, разразилась буря,

Слова прачки, резкие и лживые.

Его презрение к своей жене на виду у всех,

Бросить тень на Раму - болезненный сигнал.

Обвинение, безосновательное, но громкое,

Рама, в своей дхарме, непоколебим.

Но общественное мнение, неумолимая толпа,

Заставил Ситу уйти, скрывшись под покровом подозрений.

В сердце Рамы - горькие слезы, Зов долга, любовь, сдерживаемая страхом.
Разлучить Ситу, его душу, царственный долг, тяжесть на сердце.

Лакшмана, стоявшая рядом с ней на лесной тропинке, Сита, потрясенная, ощутила глубокую боль любви.

Сердце Рамы беззвучно вскрикнуло, Когда беременная Сита попрощалась с ним.

Сита снова вернулась в лес,

На сердце тяжело, с болезненной сердцевиной.

В ашраме Валмики, на берегу реки Тамса,

Убежище в печали, в фольклоре.

В колыбели природы, где царит тишина, Она родила близнецов, Лува и Куша, в тихих бухтах. Их невинность, спокойное прикосновение,

На фоне картины спешки изгнанника.

Эта глава, безмятежная, но пропитанная болью,

Повторил долг Рамы в пронзительном тоне.

Равновесие дхармы, которое трудно поддерживать,

В царстве смертных это сложная область.

Так разворачивается история в ее заключительной части,

История о любви, долге и разбитом сердце.

На страницах "Рамаяны" вечная карта,

О человеческих добродетелях и их сложном искусстве.

Сыновья-близнецы: колыбельная Ситы

В лесу, где сплетаются вплетенные друг в друга шепоты судьбы.,

Обитала Сита с любовью, глубокой, как божественная.

Ее сердце - чаша материнской благодати,

Лелеющие Лаву и Кушу в объятиях жизни.

Нежные, добрые, отражающие свет ее души,

Выросший в тени, но сияющий по-прежнему ярко.

Сыновья Ситы, одетые в мудрость и доброту,

Зеркала матери, придавленной жизненными испытаниями.

Глаза матери, надетые по велению времени.,

И все же в своих сыновьях она могла видеть красоту жизни.

Любящий муж, почитаемый как божественный,

Терпя несправедливость, но отказываясь страдать.

В ее сердце - история о любви и потере.,

Жизнь, полная невзгод, тяжелый крест.
И все же в Лаве и Куше живет надежда,
Любовь Ситы проникает сквозь время.

В этой балладе о безмолвной мольбе матери,
Это история о любви, потерях и судьбе.
История о стойкости, силе и борьбе,
Путешествие Ситы - маяк в ночи.

Любовь и Куш: Расцвет под руководством Гуру

В лесу, где сплетаются древние шепоты.,

Валмики взялся учить, направлять, зачинать.

Милая и Куш, пребывая в невинности, действительно получили,

Уроки стрельбы из лука, в которые нужно верить.

В нежном пятилетнем возрасте, такая юная,

Началось их обучение, песни так и не были спеты.

В искусстве владения луком проявилось их мастерство,

С быстрыми стрелами, выпущенными из их пальцев.

Их стрелы летели со скоростью звука,

На это зрелище стоит посмотреть в утренней росе.

Воспитанные в неведении о своем истинном происхождении,

В военном искусстве они стремительно совершенствовались.

Вальмики, мудрый в небесных знаниях,

Научил их ведению войны, сути Бога.

Божественные тактики, стратегии и многое другое,

Мастера стрельбы из лука, хранящие это в своем сердце.

В их жилах течет кровь королей,

И все же в их сердцах - простые вещи.

Не подозревая о своих королевских обязанностях,

В лесу поет их талант.

Ни один воин на земле не смог бы их победить,

В искусстве стрельбы из лука они были элитой.

С каждой целью они справлялись,

Никто не мог превзойти их в мастерстве в бою.

Таким образом, под бдительным присмотром Валмики,

Любовь и Куш, которым суждено взлететь высоко.

В военном искусстве они не стеснялись,

Рожденные быть героями под этим небом.

В этой истории об опеке и могуществе,

Два принца росли, скрытые от посторонних глаз.

Под присмотром мудреца они обрели свой свет,
Готовый к будущему, ослепительно светлому.

Вызов судьбы: Ашвамедха и принцы

В царстве Айодхьи, где царит дхарма,

Правление Рамы в его праведных цепях,

Совершил Ашвамедху, грандиозный ритуал,

Чтобы расширить свое королевство по всей земле.

Конь - символ императорского могущества,

Посланный вперед, в царственном полете,

Для близлежащих королевств это зрелище,

Выбор между аннексией или борьбой.

С могучей армией конь разгуливал на свободе,

Вызов власти, королевский указ.

Принимать подчинение или не соглашаться,

Это проверка ключа к суверенитету.

В лес, где спят тайны.,

Лошадь блуждала в такой густой зелени.

Где Любовь и Куш, под защитой Вальмики,

Жил в невежестве, в полной невинности.

Принцы-близнецы, не знающие об обряде,

Увидел лошадь в их игривом взгляде.

Связали это в своей юношеской мощи,

Не обращая внимания на его царственный свет.

Незнание символа поисков Рамы,

В их простом поступке - новое испытание.

Столкновение судеб в их гнезде,

В "саге о времени" - герб ордена.

Так началась история, непредвиденная,

О принцах и короле в одной сцене.

Ашвамедха, ритуал, увлекающийся,

В руках безмятежной судьбы.

В этом повороте судьбы, где пути пересекаются,

Любовь моя и Куш в их юношеском порыве,

Столкнулся с вызовом, широким и волнующим,

В великой истории о Раме подразумевалась их роль.

Встреча Рамы и Его сыновей

В зеленеющих лесах, где сплетается рука судьбы.,

Пришел Хануман, отправившийся на поиски сквозь листву.

Вернуть лошадь - это миссия, которую он понимает,

Но судьба, в своем ремесле, задумывает совсем другую историю.

Любовь моя и Куш, принцы, ничего не подозревающие,

Поймали Ханумана в свои невинные сети.

Связал его с юношеским пылом,

Пока он медитировал, в его молитве звучало имя Рамы.

Рама, встревоженный, послал своих братьев,

Разгадать тайну, исходя из его намерений.

Они устремили свои взоры на эту сцену,

Пленение Ханумана - неожиданное событие.

Они увидели мальчиков, стерегущих коня,

Принял их поступок за воровской поступок.

Завязалась битва, закончившаяся драматическим исходом,

Но Лув и Куш в мастерстве превзошли их.

Принцы сражались мужественно и мощно,

Победили своих дядюшек в сгущающихся сумерках.

Осведомленный Рама почувствовал бедственное положение,

Дети отшельника, побеждающие в схватке.

Рама, царь, пришел в лес,

Встретиться лицом к лицу с соперниками, сохранить свою славу.

Еще неизвестный ему галстук, тот самый,

Его сыновья стояли перед ним в жизненной игре.

Отважные молодые сердца

В царстве, где тихо ступают легенды.,

Рама стоял, охваченный благоговением и удивлением.

Перед ним стояли два мальчика, храбрые и маленькие,

Непокорный духом, стоящий во весь рост.

Брошенный вызов, детская ссора.,

Чтобы вернуть лошадь в игровой форме.

И все же в их глазах горел огонь,

Дерзкий отказ на каждом шагу.

Когда лук Рамы был с силой натянут,

Стрела наготове, от рассвета до рассвета.

Дисциплинировать с помощью искусства воина,

Но судьба распорядилась по-другому.

Мудрец Вальмики, путеводный свет мудрости,

Выступил вперед в разгорающейся борьбе.

"Избегайте божественного гнева на эти юные души", - сказал он,

"Они всего лишь дети, ведомые невинностью".

Он обратился к братьям с мягкой властностью,

Вернуть лошадь и привести все в порядок.

С благоговением они повиновались своему мудрецу,

Их действия были мудрыми, не по возрасту.

С возвращением коня воцарился мир,

Путешествие Рамы в лес не было напрасным.

С братьями рядом, в объятиях единства,

Возвращаюсь в Айодхью с величественным изяществом.

Так закончилось столкновение молодых и старых,

История о храбрости, рассказанная мужественно.

В самом сердце истории он навсегда останется,

День, когда юношеская доблесть столкнулась с мудростью.

Баллада о судьбе: откровение Любви и Куша

В тишине леса, окутанного объятиями времени.,

Лава и Куша стояли с невинными лицами.

Они рассказали эту историю своей матери,

О мужестве и доблести, которые никогда не поблекнут.

Сита, пораженная до глубины души сюжетом этой истории,

Открыл им несказанную истину.

Их родословная, остававшаяся тайной, теперь раскрыта,

В их сердцах зародилась новая цель.

Возмущенные справедливостью, они жаждали уйти,

С болью в сердце они отправились на поиски своего отца.

Но мудрый Вальмики, обладающий успокаивающим влиянием,

Попросил их спеть мелодию из Рамаяны.

На улицах Айодхьи их голоса звучали отчетливо,

Стихи скорби, чтобы все могли их услышать.

Горожане плакали, тронутые этой песней,

Чувствую боль Ситы, глубокую и сильную.

Рама, услышав эту проникновенную мольбу,

Позвал мальчиков к себе во двор, посмотреть.

Очарованный глубоким изяществом эпоса,

Он восхищался ее красотой в этом священном месте.

"Откуда эти юные души знают историю моей жизни?"

Он задавался вопросом, находясь среди добычи своего собственного сердца.

Его душа взывала к Сите, к его жизни, к его потерянной любви,

По мере того, как разворачивалась история, она становилась похожей на божественную перчатку.

Затем пришло откровение, похожее на громовую волну,

"Мы - ваши отпрыски", - говорили они мужественно.

Лава и Куша королевской крови,

В их жилах течет наследие всемирного потопа.

Таким образом, эхо судьбы нашло свой путь,
В сердцах семьи, давно заблудившейся.
Баллада о единстве из "Ночи раздора",
Собранные воедино открывающим светом истины.

Воссоединение сердец

Отцовское сердце, внезапно проснувшееся,

Тосковал по Сите, ради их любви.

В ашрам Валмики, его путешествие, чтобы совершить,

За свою жену, за свою страдающую душу.

По лесным тропинкам, в тихом страхе,

Рама шел туда, куда вела его судьба.

В обитель мудреца устремилось его сердце,

Чтобы встретиться с Ситой, где зародилась его любовь.

В святилище, где царит безмятежность,

Рама взглянул на Ситу полными слез глазами.

Воссоединение сердец под бескрайними небесами,

Момент истины, когда любовь никогда не умирает.

Там, в тишине царства мудреца,

Рама нашел Ситу, словно путеводный шлем.

В присутствии его любви, ошеломленной,

В тишине ашрама его страхи рассеялись.

Таким образом, на пути к двери мудреца,

Рама нашел то, что искал.

Согласно преданиям, семья имела тенденцию к воссоединению,

В сердце ашрама любовь вечна.

Испытание истиной: второе испытание Ситы

В царстве Айодхьи, где шепчутся,

Встал вопрос о чистоте, о размытости общества.

В глубине души Рама знал Ситу чистой,

И все же ему пришлось вынести сомнения людей.

"О мудрец добродетели, да будет так".

- провозгласил Рама тихим голосом.

- Я полностью уверен в невиновности Ситы,

Но чтобы подавить слухи, которые ходят туда-сюда."

Сита, однажды испытанная объятиями огня,

Теперь предстоял еще один судебный процесс, на этот раз в публичном пространстве.

Рама, истерзанный, в болезненном состоянии,

Стремился восстановить ее честь, ее благородство.

Боги собрались, небесная толпа,

Брахма шел впереди, склонив головы.

Все Боги и божества были тихими,

Я горжусь тем, что стал свидетелем защиты Ситы.

Рама подтвердил это на глазах у всего собрания,

- В словах Валмики есть смысл.

Я хочу примириться, все исправить,

С Вайдехи (Ситой) - о бедственном положении моего сердца".

Собрание, взволнованное, с пристальным вниманием,

Ждал момента Ситы, божественного вмешательства.

Вайю, Бог ветра, в своем вознесении,

Принес с собой дуновение чистоты, небесное напоминание.

Чистый аромат наполнял воздух,

Знак божественного, священного трепета.

Как и в Золотой век, чудо все еще,

К собравшейся толпе хлынул радостный поток.

Сита, в своей грации, стояла безмятежно,

Среди Богов это было невиданное зрелище.

Ее истина и чистота, вечнозеленые,

В испытании огнем он снова стал острым.

Таким образом, в глазах богов и людей,

Сита в очередной раз доказала свою честь.

Ее честь была незапятнана, она действительно поддерживала,

В испытании истины царит ее чистота.

Объятия земли: Божественное восхождение Ситы

Посреди собрания Сита стояла такая храбрая,

Одета в желтое, вид у нее серьезный.

Сложив ладони, она произнесла свою мольбу,

"Клянусь сердцем матери-земли, если это правда, что я остался".

По мере того, как ее слова отдавались эхом, происходило чудо,

Из земли - трон, подобный жемчужине.

Наги несли его в мощном вихре,

Украшенный драгоценными камнями, небесный вихрь.

Дхарани, Богиня Земли, явилась в благодати,

Приветствовал Ситу под одобрительные возгласы собравшихся.

На этом троне Сита, почитаемая,

В душе блоссомс ее путь был расчищен.

Восседающий высоко, на небесном престоле,

Путешествие Ситы завершено и приятно.

Божественное восхождение, такой изящный подвиг,

В объятиях матери она встретила свою судьбу.

Плач невинности: Убитая горем Лава-Куша

В царстве сердечной боли, где тихо падают слезы.,

Лава и Куша плакали, откликаясь на безутешный зов скорби.

Их мир, их мать и бесконечная любовь, которую она дарила,

В ее объятиях она прощала все шалости.

Она, сердцебиение двух ее нежных сыновей,

Ее любовь - это река, которая течет бесконечно.

Вальмики, их хранитель, мудрый и добрый,

И все же их сердца тосковали по матери.

Их слезы, подобно рекам, прорезали дорожки боли.,

Ища ее присутствия в непреклонной цепи утраты.

С земли они жаждали ее возвращения,

Глубокая тоска, в которой пылают безмолвные печали.

Но судьба, жестокий сценарий, непреклонный и суровый,

Оставил их искать в бесконечной темноте.

Рама, их отец, крепко обнял их,

Пытался успокоить их души в ночь скорби.

Но как могли их юные сердца понять это,

Пустота, оставленная ее отсутствующей рукой?

Как жить, когда от любви они оторваны?

В их судьбе родились такие жестокие шипы.

Незнакомым им было лицо их отца,

А теперь еще и их мать, потерявшаяся в объятиях времени.

Поворот судьбы, такой суровый и мрачный,

Покидая свой мир с печальным видом.

В этой истории о потере, где невинность скорбит,

Это история о двух листьях, сорвавшихся с деревьев жизни.

Лава и Куша в их юношеском возрасте,

Портрет любви, затерянной в тумане судьбы.

Их крики - свидетельство высокой цены любви.,

В водовороте судьбы, невинно брошенный.

История о любви, разлуке и жестокой игре судьбы.,

В саге о жизни, где ничто не остается прежним.

ПУТЕШЕСТВИЕ РАМЫ В БЕСКОНЕЧНОСТЬ

Золотая эпоха: Царство гармонии Рамы

В царствование Рамы, повесть о мире,

Он назначил родственника для аренды Хармони.

По всей Индии, с запада на восток,

Его правление - праздник идеальной администрации.

Братья и преемники в отдаленных регионах,

Поддерживал его идеалы, как путеводную звезду.

В его владениях нет такого преступления, которое могло бы испортить,

Только гармония, близкая и далекая.

В воздухе действительно витала правдивая аура,

В каждом уголке царит умиротворяющее очарование.

Рама Раджья, страна правды, как рассказывают истории,

Редкий момент, когда праведность пала.

Известный благодаря дхарме, руке процветания,
Мир воцарился на всей земле.
В исторические эпохи наступил период грандиозный,
Правление Рамы было подобно золотому обручу.

В эту эпоху мир действительно видел,
Царство справедливости, чистой и свободной.
Наследие мира в его высшей степени,
Эпоха Рамы, вечный закон.

Сумерки судьбы: жертвоприношение Рамы и Лакшманы

При дворе Айодхьи, где возникают вопросы,

Почему Рама отправился в небеса Вайкунтхи.

Древние тексты в их мудрой маскировке,

Пролей свет на эту историю, в которой кроется тайна.

Однажды мудрец, старый и согбенный,

С намерением прислушался к Раме.

Они проводили время в личных покоях,

Лакшмана охранял, исполняя свой долг.

Повеление Рамы, твердое и необъятное,

"Никто не пройдет", - гласил указ.

Лакшмана, верный своему делу, стоял у ворот,

Его преданность делу, судьба брата.

Посетитель, не кто иной, как 'Время',

Окутанная мудростью, возвышенная истина;

Возвещая о неизбежном конце Рамы,

Небесное путешествие, чтобы вознестись.

Затем Дурваса внезапным шагом,

Потребовал въезда, и ему не могли отказать.

Лакшмана в смятении, глубоко внутри,

Братская любовь, его единственный проводник.

Чтобы спасти Раму от проклятия Дурвасы,

Лакшмана сам выбрал свою судьбу, чтобы пройти ее.

Вошел в комнату, вселенная была немногословна,

Принесенная жертва в безмолвных стихах.

Рама, обезумевший от горя, дал обещание сдержать его.,

Слово Кала Дэвы (Бога времени) - такая глубокая яма.

Изгнание Лакшманы, решение крутое,

Приговор, полный боли, заставляющий сердца плакать.

Итак, братья, благородные и истинные,

Встретились лицом к лицу со своей судьбой в сумеречном свете.

Рама на Вайкунтху, Лакшмана заново,

Благодаря самопожертвованию и любви их легенда росла.

Отправляйтесь в небесное путешествие

В тени грандиозного замысла судьбы,

Лакшмана знал, что без Рамы не будет солнечного света.

Часть одной души, в небесной линии,

Без своего брата он не мог бы жить взаперти.

Связь такая глубокая, как космическая нить.,

Лакшмана выбрал Джал Самадхи, знак.

Присоединиться к Раме в божественном святилище,

Он действительно отказался от своей земной роли.

Бог Времени заговорил таким прекрасным голосом,

- Сита ждет тебя на Вайкунтхе, выровняйся.

Ты, следующий в очереди на исполнение божественных обязанностей,

В служении Раме ваши звезды вплетены друг в друга".

Джал Самадхи, объятия воды,

Лакшмана вошел со спокойной грацией.

Покидая этот мир, раса смертных,

Ради Вайкунтхи, своего вечного места.

Рама, оставшийся один в сердце своего королевства,

Исполнял свои роли, в каждой роли.

Брат, отец, божественная карта,

Его время на земле подошло к концу.

Победив Равану, демона ночи,

Установил Рама-Раджью, царство справедливости.

Он выполнил свои обязанности в свете дхармы,

Пришло время уходить и положить конец его земной борьбе.

Он знал свой путь к дверям Вайкунтхи,

В его земном путешествии больше ничего не требовалось.

Уходя, он завершил священное учение,

Его наследие, легенда на веки вечные.

Божественный уход: Путешествие Господа Рамы в вечность

В сердце Айодхьи, где живет вера,

Господь Рама объявил, что это проводники судьбы.

Свое королевство он доверил родственникам,

Готовлюсь к отъезду, когда придет время.

Его подданные собрались в любви и мольбе,

"Возьми нас с собой", - гласил их искренний призыв.

Сострадательный Рама освободил их души,

Даровал мокшу, последний ключ.

По направлению к Сараю они шли грациозной походкой,

Каждый шаг - это продвижение к священному пространству.

Оказавшись в объятиях реки, они действительно столкнулись лицом к лицу,

Исчезли они все без следа.

Так закончился период Трета-юги,

Запечатленный в памяти с незапамятных времен.

Рама и его народ, согласно божественному плану,

Вернулся на небеса, как ни в чем не бывало.

Их пути были проложены уникальным образом,

Предначертанный, предопределенный заранее, без сожаления.

В анналах истории, которые никогда не забудутся.,

Путешествие Господа Рамы, небесное пари.

РАСКРЫВАЯ СВЯЩЕННУЮ ЛЮБОВЬ РАМЫ И СИТЫ

Небесный союз: Божественная любовь Рамы и Ситы

В космических просторах, где звезды шепчут о своих знаниях.,

Здесь живет сказка о божественности, запечатленная в глубокой древности.

Небесный союз, священный обряд,

Где Рама и Сита воспламеняются божественным светом.

Рама, воплощение Вишну, носитель истины,

Его сущность праведности, вечной и возвышенной.

В лесу бытия его доблесть ярко сияет,

Направляя заблудших своим непоколебимым светом.

И Сита, воплощение грации Лакшми,

Время не может стереть ее ауру сострадания.

В саду добродетелей ее любовь расцветает подобно цветку.,

Осыпая благословениями в каждый солнечный час.

Они вместе танцуют в космическом балете на сцене вселенной, где играют звезды.

Их союз недоступен взору смертного,

Слияние душ в небесном свете.

Защитники дхармы, космического закона,

Их любовь, завещание, без изъяна.

В их объятиях вселенная находит свою рифму.,

Их священная любовь, божественная связь, неподвластна времени.

В каждом биении сердца космоса поется их история,

О Раме и Сите, вечно молодых.

Напоминание всем о божественной игре,

Где любовь и долг пребывали в гармонии.

Ибо небеса радуются их союзу,

Вселенная вторит их единому голосу.
Учит нас сути космической функции,
В их вечном, божественном соединении.

Вечные клятвы

В священных залах времени, где обитают легенды.,

Барды рассказывают истории о любви и преданности.

Рама и Сита, связанные священным союзом,

Их сердца в гармонии, их любовь глубока.

С клятвами вечной преданности, под пристальным взглядом небес,

Они поклялись бродить по запутанному лабиринту жизни.

Их души стремились только друг к другу,

Пламя любви, которое будет гореть вечно.

И все же жестокая рука судьбы проявилась непредвиденным образом.,

Брось Раму в леса, в туман одиночества.

Он скитался в изгнании, принц без трона,

Но в его сердце сияла любовь Ситы.

Через зеленые леса и тихие поляны,

Их любовь - маяк, который никогда не угасает.

Для Рамы благополучие Ситы было его кредо,
Ее счастье, его единственная потребность.

В шепоте листьев, во вздохе ветерка.,
Их любовь была глубока, как бескрайние моря.
Ибо в каждом шаге, в каждом дуновении воздуха,
Преданность Рамы не имела себе равных.

Эта история - урок чистого искусства любви.,
Поставить нашу возлюбленную выше нашего собственного сердца.
Ибо в танце жизни, с ее изгибами и поворотами,
Истинная любовь - это пламя, которое горит вечно.

В мимолетной радости Рама и Сита действительно вплели друг в друга, ненадолго соединившись, а затем расставшись, в божественной любви.

И все же в их сердцах вечно горело пламя вечной любви в разлуке, которое никогда не угасало.

Согласно небесному писанию, Сита совершила свой ранний полет в небесные царства, где горят вечные звезды.

Рам, охваченный печалью, терпел боль каждый день, до конца своего путешествия, в мягких сумерках.

Пусть образцовая пара из "Рамаяны" будет нашим гидом,

Пусть их дух пребывает в путешествии влюбленных.

Чтобы выстоять, выдержать испытание временем,

Любовь должна быть бескорыстной, чистой и возвышенной.

Так давайте же поучимся у Рамы и его невесты,

Лелеять любовь с широко открытыми сердцами.

Ибо в конце концов, когда все будет сделано и сказано,

В каждой прочитанной истории торжествует любовь.

Ворона и сострадательный человек: История о любви и милосердии

Однажды, на безмятежной вершине Читракуты,

Рама и Сита в свете любви.

Ворона, попавшая в отчаянное положение от голода,

Напал на Ситу - удручающее зрелище.

Ее боль эхом разнеслась по холму,

Рама, ее защитник, не мог этого вынести.

С травой куша, стрелкой для приготовления,

Брамхастра (сильное оружие) в праведном сиянии.

Ворона в страхе взмыла в небо,

С божественной стрелой, совсем рядом.

По всему миру разносится его отчаянный крик.,

Спасаясь от гнева Рамы, он не мог взлететь.

В конце концов, Раме это удалось,

Ищущий пощады на поле боя.

Но брахмастра, оказавшись в поле,
Он не может отступить, его судьба предрешена.

И все же Рама, в могуществе своего сострадания,
Изменил проклятие на его глазах.
Чтобы избавить ворону от ее бедственного положения,
Один глаз попал в цель на лету стрелы.

В этой сказке сочетаются любовь и милосердие,
Рама и Сита, любовь без конца.
Эпическая история, сообщения отправляются,
О силе сострадания - исправлять.

Безграничная любовь

В царстве, где биение сердца вторит песне природы.,

Там обитала Сита, которой принадлежат любовь и земля.

Ее дух, мелодия в унисон с хором Уайлда,

Связь с природой, разожженная огнем любви.

В ее сердце жила любовь к Раме, чистая и глубокая,

Преданность настолько глубокая, что могла бы заставить небеса плакать.

Частота ее души согласована с ритмом природы,

В каждом шорохе листьев был запечатлен образ Рамы.

У священных вод Ганга, под таким широким небом,

Молитвы Ситы лились рекой, вместе с отливом.

Чтобы защитить своего возлюбленного от сурового закона леса,

Она подозвала стражей природы, преклонив колено.

И все же, когда наступила тьма, в мерзкой руке Раваны,

Она взывала к земле, небу, морю и суше.

К рекам, которые извиваются, к птицам, которые парят в небе.,

Призыв спасти ее от глубинного зла.

Деревья плакали в отчаянии, их печаль была безмолвной мольбой,

Неспособный защитить ее от ее ужасной судьбы.

Животные скорбели, их души были в отчаянии,

При виде ее бедственного положения это было слишком тяжело вынести.

Сама земля, погруженная в транс скорби,

Ощутил тяжесть печали, острой и недолгой.

Услышав ее мольбу, старый стервятник Джатайу проснулся,

Он выступил против Раваны, проявив доблесть.

На последнем издыхании он героически сражался.,

Падающий с честью, благородный и храбрый.

И когда Сита в спешке разбросала свои драгоценности,

Путь для Рамы, проложенный в пустыне.

Обезьяны собрали драгоценные камни - ключ к разгадке ее судьбы,

Присоединяюсь к поискам Рамы, пока не стало слишком поздно.

В каждом шорохе ветра, на гребне каждой волны.,

Это была любовь Ситы к Раме, ее вечный поиск.

Так пусть же будет рассказана история о непреходящей силе любви.,

О Сите, хранительнице природы, во тьме и свете.

Любовь, которая взывала к земле и небесам.,

В объятиях гармонии, где таится истинная любовь.

Отголоски разлуки: Плач Рамы по Сите

В тишине древних лесов, где слышен шепот.,

В мистике скорби кроется история любви.

Рама, с тяжелым вздохом на сердце,

Нашел браслет Ситы на ноге, под открытым небом.

Одинокая жемчужина, затерянная и обособленная,

Отражая боль в сердце Рамы.

Словно безмолвный страж, он лежал,

Оплакивая свое отсутствие там, где однажды она заблудилась.

- Вот оно, - пробормотал он, - изящество ее походки,

Эта священная земля, объятия нашей любви."

Браслет на щиколотке, символ их разорванной связи,

В его тишине - их невысказанная любовь.

Словно от горя, он отказался петь,

Тоска по прикосновению существа Ситы.

Каждый драгоценный камень и колокольчик - это история потери,

История о любви и ее жестокой цене.

Глаза Рамы, полные непролитых слез,

Говорил о невысказанной боли разлуки.

В стихах Калидасы раскрывается боль,

История любви в вечных объятиях времени.

Ибо в тишине ножного браслета слышалась жалоба,

Символ любви, связанной горем.

Рама и Сита, сплетенные судьбой.,

История разлуки, которую придумывают поэты.

Слезы вершин Маляваты: молчаливый свидетель Рамы

В тени древних вершин Маляваты,

Где природа слушает, а тишина говорит,

Сердце Рамы, отягощенное непролитыми слезами,

Шептались о любви на протяжении многих лет.

Сите он передал это невысказанными словами,

Печаль его сердца - неразрывная связь.

Гора стояла, безмолвный исповедник,

Свидетельствуя о его молчаливом давлении.

Как будто сами камни могли чувствовать,

Глубина любви Рамы была такой реальной.

Они плакали вместе с ним, заключив его в сочувственные объятия,

Проливной дождь, похожий на слезы на лице Земли.

Каждая капля - свидетельство его боли,

Повторяя его страстное желание снова и снова.

Малявата, в ее древней, стоической грации,

Отражал сердце Рамы в своем собственном основании.

Эта сказка, пронзительный танец природы и сердца,

Символизирующий печаль Рамы, художественная составляющая.

Горный дождь звучит как симфония скорби.,

По-своему предлагая молчаливое облегчение.

В любви Рамы и Ситы, чистой и истинной,

Жила радостной жизнью, пока не сгустилась тьма.

Их общее счастье - дорогое воспоминание,

Под дождем в Малявате было кристально чисто.

История любви, запечатленная в облике природы,

Где каждая дождевая капля - символ уз.

В слезах горы и вздохе влюбленного.,

Это история о любви, которая никогда не умрет.

Образец добродетели: Многогранная любовь Рама

В широте эпоса, где сияют добродетели,

В каждой строке стоит Рам, герой.

Как сын, брат, король, его роли совпадают,

Но как муж - это божественный замысел его любви.

Морально твердый, но в то же время нежно-кроткий,

Сита никогда не обольщала его сердце.

Золотой олень, составленный по запросу,

Он преследовал, повинуясь мольбе любви, в нежном стиле.

Снисходительный партнер, заботливый и мудрый,

По желанию Ситы, никакого обмана или маскировки.

Хотя и осознавал ложь демона,

Ради ее улыбки, принимая вызов, он летит.

И все же в этом акте любовь приобретает печальный оттенок,

Похищение Ситы в жестоком тумане судьбы.

Доказательство любви Рама в историческом списке,

История о преданности, перед которой не может устоять время.

В "Раме" - портрет, состоящий из множества оттенков любви,

Сага о выборе, путь к музе.

Героическая, но нежная, его любовь наполняет,

Путешествие по сложным взглядам на жизнь.

В глубине лесов: непоколебимое путешествие Ситы

В отголосках древнего указа судьба была предрешена,

Для Рамы, принца, началось изгнание в лес.

Четырнадцать лет - путешествие во времени и пространстве.,

В пустыне - испытание веры и благодати.

Но Сита, его царица, в сердце своем горит непоколебимым огнем,

Отказался от удобств королевского шпиля.

Потому что она знала, что ее место рядом с ним,

В глубине леса, где обитают тени.

С любовью в качестве своей брони, преданностью в качестве своего щита.,

Она вошла в лес, и ее судьба была решена.

Бродить с Рамой по чащобам и колючкам,

В диких дебрях, где рождаются легенды.

Рама неохотно попытался отговорить его,

Его сердце было в смятении, его решение пошатнулось.

Но Сита, обладающая твердым духом и непреклонной волей,

Твердо стояла на своем с Рамом, выполняя свой долг.

В тишине леса, в объятиях крон деревьев,

Они обрели мир несказанной благодати.

Каждый лист шептал о былых временах,

Каждый рассвет приносил неизведанные чудеса.

Вместе они прошли через неисчислимые испытания,

Их любовные узы были настоящим зрелищем.

В танце светлячков, в шелесте листьев.,

Их любовь была свидетельством того, во что верит сердце.

В уединении леса время остановилось,

Их путешествие - свидетельство любви и воли.

Ибо Сита выбрала нелегкий путь,

Но это путь, по которому раскрывается истинная сущность любви.

Так пусть же эта история войдет в анналы времени.,

О любви, которая длится вечно, о клятвах, которые длятся вечно.

Потому что в самом сердце леса, такого глубокого и широкого,

Это история Ситы, ее непоколебимой поступи.

Час разлуки: Момент отчаяния

На волне утраты, где тишина кричит во все горло.,
Рама вернулся в мир без снов.
Сита ушла, сердце, которое переполняется,
С таким глубоким горем, что оно не проходит.

В словах поэтов, перекликающихся с истиной,
Глубина любви, в отсутствии, на виду.
Душа Рамы, разорванная надвое,
Разбитый, обездоленный, в оттенке печали.

В своем горе он бродил, как призрак,
Вопрошающий природу, потерянную хозяйку своего сердца.
Его воля к жизни, угасающий столб,
В тени пугающей цены любви.

Кто из тех, кто убит горем, не может понять друг друга?,
К отчаянию Рамы, это была жестокая судьба.
В своей агонии, в безутешном состоянии,
Потерянная любовь, тяжелая ноша.

Лакшман, проявив мудрость, вмешался,

Пробуждение Рамы от столь острого горя.

Человек, у которого есть миссия, недавно обретенная,

В испытаниях любви его цель угасла.

Поворотный момент в долгой истории любви,

От глубин отчаяния к стремлению к славе.

Путь Рамы и Ситы, запутанный и древний,

Поворотный момент в истории эпоса.

Двойная роль Рамы: любовь и долг

В саге о Раме, где добродетели совпадают,

Его защита Ситы, одновременно нежная и утонченная.

Против ворона или демона его действия блестящи,

Любовник и муж, созданный по замыслу любви.

И все же, как у короля, его выбор имеет значение,

Агнипареекша, предваряющее испытание, смятение Ситы.

Его сердце разрывалось в болезненной схватке,

Любовь и долг в неразрывной связи.

Изгнал Ситу ради блага своих подданных,

Его разбитое сердце беззвучно содрогнулось.

Рама не мог отказаться от своего долга перед своей страной,

Ради гармонии в королевстве на карту была поставлена его любовь.

Когда рядом с ним никого нет,

Золотой образ Ситы, его молчаливой невесты.

В ритуалах свою любовь он не может скрыть.,

Высмеянный за преданность, он спокойно ждал(а) этого.

Быть Рамой - задача столь мрачная,

В любви и долге - постоянный гимн.

Баланс сердца и правил, на грани,

Король и любовник, в историческом смысле этого слова.

Упругая грация: Непреклонная любовь Ситы

В темном царстве Ланки, под насмешливым взглядом Раваны,

Стояла Сита, грациозная фигура, лишенная страха.

Ее любовь к Раме - такой яркий маяк.,

Сияло в темноте, как пламя света.

Равана в своем заблуждении исповедовал неискушенную любовь,

Но Сита, лебедь, отвергла его ухаживания.

Она насмехалась над ним, как утка над берегом,

Ее грация была непоколебима, ее дух воспарил.

На земле Ланки ее доблесть проявилась во всей красе,

Бесстрашная женщина в этом сложном мире.

Вопреки стереотипу подчинения и хрупкости,

Она стояла, олицетворяя собой силу и реальность.

Ее неповиновение, пожар, разгневанный Равана,

Битва характеров, которая велась на протяжении веков.

Он дал мне около одиннадцати с половиной месяцев на то, чтобы согнуться,

Но ее решимость была непоколебима до самого конца.

В роще Ашоки, среди мучений и насмешек,

Спокойствие Ситы было непоколебимо, ее сердце было чистым.

Замученный демонами, презираемый мерзкими,

И все же ее душа оставалась нетронутой, а дух подвижным.

Ее гармония с природой - божественный щит.,

Дал ей силу духа сиять в темноте.

Против ужаса Раваны и мощи его демонов,

Она стояла непоколебимо, словно луч света.

Обращаясь к Раване, она говорила ясно и властно,

Ее слова прорезали темноту ночи.

Неотделим от Рамы, как солнечный свет от солнца,

Ее преданность была непоколебима, пока все не было сделано.

В единстве с природой она черпала свою силу,

Связь такая глубокая, безмерно проникновенная.

Объятия природы, ее величественная крепость,

Она заняла свою позицию в борьбе с дьяволами Ланки.

Ее непоколебимая вера в то, что Рама придет,

Победить зло, бить в нечестивый барабан.

В ее сердце звучала песня надежды и веры,

Мелодия любви, выходящая за пределы призрачности.

В архивах времени, да будет это известно,

О любви Ситы к Раме, посеянной навечно.

В объятиях природы ее дух действительно расцвел,

Свидетельство любви, вечно живой.

Непоколебимая любовь Рамы

В эпоху, когда короли искали много невест,

Сердце Рамы, привязанное к Сите, не могло успокоиться.

Хотя боль разлуки все еще оставалась внутри,

Мысли о другом союзе он высмеивал.

Его любовь к Сите, чистая и непоколебимая,

В отличие от своего отца, он проложил особый путь.

В своей безмолвной крепости печали он остался,

Для нее заиграла мелодия его сердца.

Хотя королевства, в которых заключались множественные браки, видели,

Преданность Рамы Сите вызывала у всех благоговейный трепет.

В ее отсутствие он следовал высшему закону,

Его любовь всегда была нескончаемым притяжением.

Свидетельство верности в былые времена,

Любовь Рамы была постоянной, вечным преданием.

Перед лицом потери его сердце воспарило,

Сита, его царица, во веки веков.

Жизнестойкость Ситы: Непреклонная любовь

В танце судьбы, где стоит Сита,

Ее молчание - выбор в ответ на требования любви.

Не просто послушание в ее руках,

Но пламенный дух в песках жизни.

Ее молчаливое согласие не было проявлением покорности,

Но это было чистое и мудрое свидетельство любви.

В своем тихом страдании ее дух парит,

Во имя любви ее сердце подчиняется.

Сита, знающая о глубокой привязанности Рамы,

Ценит их связь в ее отражении.

Отвергает угрозы Раваны, его обман,

В память об Айодхье, под ее руководством.

Несмотря на испытания, она сдерживает свой супружеский обет,

В саду любви, куда просачивается печаль.

Ее преданность делу, как река, глубока,

В брачном договоре ее обещания исполняются.

Сита, символ силы и непреходящего могущества любви, всегда стоит прямо, несмотря на свирепые бури.

Ее упругость, как у распускающегося цветка,

В анналах времени навсегда останется башня.

СОВРЕМЕННОЕ ЗНАЧЕНИЕ "РАМАЯНЫ"

Вечная сага: наследие Рамы

В древних свитках времени, где хранятся легенды,
отражаются отголоски саги о Раме, в "Гордости Рамаяны".

Справочник добродетелей в его проявлении,

Его жизнь, проповедь в космической пьесе.

Он правил императором на индийской земле,

На протяжении веков, справедливой рукой.

С трона Айодхьи, его повеление,

После суда над изгнанником, на котором стояла его вера.

Его история, как маяк, пронеслась сквозь века.,

О ценностях, мужестве и добродетелях смелого человека.

В каждой главе разворачивается его история,

Он хранит наследие Рамы в сердцах людей.

С течением времени его правление продолжается,
В саге о жизни, уверяет его дух.
В стихах "Рамаяны" его память манит,
Вечный император, его сущность чиста.

Отголоски Дхармы: Вневременная мудрость

На великой шахматной доске жизни, где переплетаются судьбы,

Это сага о Раме, божественное повествование.

История не только о доблести, но и о зове долга,

Где эхо Дхармы звучит в каждом сердце.

Ибо в путешествии Рамы мы находим священную триаду,

Обязанности перед самим собой, семьей, обществом, гармонично одетые.

Каждый шаг - урок в замысловатом танце жизни,

Призывая нас выполнять свой долг при любых обстоятельствах.

Рама, океан сострадания, чистейшая форма любви.,

Благодаря его саге можно согреть самые холодные сердца.

Только через любовь можно постичь его божественность,

БОЖЕСТВЕННЫЙ РАССВЕТ

В ласковых водах любви обретается истинный смысл жизни.

Ибо любовь - это подводное течение, безмолвный гимн жизни.,

В своих глубинах свет человечества никогда не тускнеет.

Божественность мужчины раскрыта в заботливом приливе любви.,

Где добродетели, как жемчужины, таятся в глубинах.

В лабиринте современности, где безраздельно царит хаос,

Справедливость (Дхарма) Рамаяны - это путеводный луч.

В мире, где родственные связи могут оборваться, идеалы Рамы сияют как редкий исцеляющий луч.

Где потомство ускользает от отцовской/материнской милости,

И сердца родителей забывают о будущем.

Где гуру ищут уважения, но могут ничего не найти,

А почтение студентов можно легко купить.

В этой суматохе мудрость Рамаяны служит маяком,

Освещая свои обязанности в зыбучих песках жизни.

Это говорит об узах, о брате, отце, матери, сыне,

Гуру и ученика, пока не будет пройден жизненный путь.

В сфере бизнеса, образования, во всех этих сферах,

Где зловеще ухмыляется тень коррупции.

Принципы Рамаяны, моральный ориентир, истинный,

Направляя общество на путь праведный и должный.

Она учит общечеловеческим ценностям, глубоким и проникновенным,

В его стихах раскрывается истинная суть жизни.

Призыв отстаивать то, что справедливо,

В самые темные часы будь маяком света.

Итак, давайте перевернем страницы этой грандиозной эпопеи,

И в свете мудрости Рамы займи свою позицию.

Ибо в учении Рамаяны мы находим свой путь,

За более светлый, благородный, добродетельный день.

Уроки единства

На этой Земле, в нашем общем жилище,

Под одним небом разворачиваются наши истории.

Дышим одним воздухом, пьем из одного ручья.,

Однако в многообразии мы теряем мечту о единстве.

Рамаяна, эпос древних времен,

В своих стихах и рифмах он говорит о единстве.

В мириадах разнообразных оттенков он находит единую нить,

Урок единства, изложенный в многочисленных рассказах.

В калейдоскопе человеческих оттенков,

Единство исчезает в повседневной суете жизни.

Затерянный в море различий и раздоров,

Забывая о единстве, лежащем в основе жизни.

В культуре Бхараты такая древняя мудрость,

В добрых словах выражается истина.

Говори правду, но мягко, а не резко,

В этих словах заключена мелодия вселенной.

Сатьям бруйат (говори правду) - основа морали,

Приям бруйат (говорите вежливо), социальные ценности стремительно растут.

'На бруйат сатьям априям" - духовный наставник,

В этих древних словах заключены три добродетели.

"Рамаяна" в своей простоте передает,

Эти ценности глубоко укоренились в наших сердцах.

Но человек, брошенный на произвол судьбы, забывает о своей сути, блуждая, подобно Раване, по берегу жизни.

Равана, обладающий обширными знаниями, но заблудшим сердцем,

Поддался желаниям, сбился с пути.

Его конец - свидетельство неконтролируемой тоски,

Потерянное королевство, сожженная жизнь.

"О люди!" - воскликнул он на последнем издыхании,

"Не гоняйся за желаниями, ибо они ведут к смерти.

Будьте подобны Раме, в истине и правоте,

На своем пути он найдет божественный свет".

Так давайте же учиться по милости Рамы,

Видеть единство в каждом лице.

Отстаивать истину в любви и свете,

В нашей общей человечности мы найдем свою силу.

Так, в вечном повествовании "Рамаяны",

Это путь, на котором преобладают истина и любовь.

Призыв к единству в танце разнообразия,

Давайте найдем свой шанс в этой древней мудрости.

Ягоды преданности: Вечное предложение Шабари

В шепчущем лесу, где играют тени.,

И солнце вплетает золото в листву.,

Там жила душа, чистая, как свежевыпавший снег.,

Шабари, чье сердце действительно светилось любовью.

Долгие годы она ждала, молчаливая и неподвижная,

Ее дух непоколебим, воля несокрушима,

Ради Рамы, своего господа, в котором она обрела веру,

В тихой роще, где изобилует жизнь.

Ягоды, которые она собирала с нежной заботой,

Каждый из них - драгоценный камень, драгоценный и редкий,

Ее подношение было простым, с лесной подстилки,

Ожидая того, кого она действительно обожала.

Затем наступил день, когда под нежными лучами солнца,

Когда появился Рама, словно сон во сне,

Шабари с радостью сделала свое подношение.,

Ягоды, всего лишь ягоды, но они были согнуты от любви.

Рама с улыбкой украсил ее скромное жилище,

Принимая ее дар на этом священном пути,

Поедая ягоды с благоговением и изяществом,

В сердце отшельника он нашел свое место.

В этом простом действии открылась истина,

Урок глубокий, более драгоценный, чем жемчужина.,

Преданность - это чистый свет, проявляющийся в самых простых вещах,

Любовь, которую человек предлагает на крыльях сердца.

В подношении Шабари - нерассказанная история,

Непоколебимая вера, которая ценится дороже золота,

Это маяк для нас на сложном жизненном пути,

Это любовь, которую мы разделяем на каждом шагу.

В нежном исполнении Шабари разворачивается история, в которой чувствуются кастовые различия.

Благородная душа, исполненная любви и изящества, принимает преданность в любое время и в любом пространстве.

Вне зависимости от региона и вероисповедания, сущность любви удовлетворяет любые потребности.

Будь то богатство или борьба с бедностью, только преданность и чистота определяют благородную жизнь.

Величие матери Сумитры

В мимолетном танце мирских забот,

Где перемены происходят постоянно, и мало что остается неизменным.

Помните, только Божественное остается вечным.,

Неизменный, чистый, вечный, бессмертный оттенок.

Так что посвятите свои часы исполнению божественных гимнов,

Во славу Божью вплетите свои дни в одно целое.

Ибо в искренней молитве вас ожидает откровение,

Открытие божественности, которая находит отклик в вас.

Пока Лакшмана готовился к выходу из леса,

Сумитра давала мудрые советы, идущие от всего сердца.

- Думай не о лесах, а о милости Рамы,

Где бы они ни жили, это ваше священное место.

Айодхья без них - заброшенный лес,

В их присутствии рай возрождался заново.

Узри в Сите и Раме своих божественных родителей,

Служите им с любовью, пусть ваша преданность сияет".

В этом мире не нашлось никого более великого, чем Сумитра.,

Мать, чья мудрость была глубоко обоснованной.

Она благословила своего сына усердно служить Господу,

В преданности и вере, в ее сюрреалистическом руководстве.

Сумитра - имя, которое перекликается с "хорошим другом".,

Светоч добродетели, от которого мы зависим.

Таких благородных душ в наш век мы ищем,

Такие матери, как она, сильные, мудрые и кроткие.

И сыновья, подобные Лакшмане, с такой чистой преданностью,

Чья любовь к Божественному длится вечно.

Давайте пройдем по их стопам.,

О любви, искренности и вечной вере.

Следовательно, в их истории звучит вечный урок,

О преданности Всевышнему и о том покое, который он приносит.

В мире быстротечности их наследие остается неизменным,

Свидетельство преданности во всех отношениях.

На Божественном пути Любви

Желание матери Кайкейи - трон для ее сына,
Но Бхарата, смиренный, не хотел ничего этого.
У подножия Читракуты, в глубоком почтении,
Он умолял Раму сохранить корону.

Но Рама, твердый в священном призыве долга,
Прежде всего, он сдержал слово своего отца.
- Слушайся своих родителей, - мягко сказал он,
Он всегда шел праведным путем.

В этом ярко проявилась правдивость Рамы,
Маяк честности, известный всему миру.
Придерживающийся правдивой речи, его титул милости,
Наследие истины для всего человечества.

Однако в наше время в "Рамаяне" читают,
Его суть утрачена, его уроки остались незамеченными.
Знания накоплены, но мудрости мало,
В практике Дхармы такой серьезный пробел.

Для чего нужны слова, если они не воплощены в деле?

Подобно невкусным сладостям, они не удовлетворяют никакой потребности.

Информация сама по себе не приносит никаких преобразований.,

Только в действии мудрость поистине поет.

В бесчисленных жизненных испытаниях, когда надежды слабеют.,

Пусть не царят ни отчаяние, ни печаль.

Будьте радостны и сильны перед лицом невзгод,

Ибо в радости мы принимаем жизненные вызовы.

Веданта шепчет, что сила ума - это ключ к успеху,

Для слабонервных победы не будет.

Итак, стойте твердо в вере, верьте в добро,

Ибо в силе и любви ты обретешь божественность.

В современном человечестве мы наблюдаем упадок,

Потеря божественной любви, нарастание апатии.

Мир рушится там, где исчезает благочестивый страх,

В человеческих сердцах, куда вторгается тьма.

БОЖЕСТВЕННЫЙ РАССВЕТ

Поэтому пусть любовь к Богу, пламя нравственности,

Страх греха руководит нашей мирской игрой.

Для Рамы и Раваны знание одно и то же,

И все же их пути разошлись в великой игре жизни.

Равана, злоупотребивший мудростью, совершил трагическое падение,

Рама в действии и любви откликнулся на призыв жизни.

На всеобщее благо его сердце обрело покой,

В знаниях, добродетелях он был лучшим.

Итак, давайте пойдем по пути, указанному Рамой,

Пусть наша жизнь будет наполнена любовью и добром.

В божественном ритме любовь - это объятия Бога,
Небесный танец, в котором духи обретают свою благодать.

Начните с любви, пусть она руководит вашим днем.,

В объятиях любви позволь жизни играть по-своему.

Ибо в любви, к Богу, проложен путь,

Пусть жизнь совершается в этом путешествии любви.

Путешествие к Божественности

В сфере человеческой жизни, где переплетаются желания,

Человек страдает, его любовь зажата в узком пучке.

Ибо любовь, когда ее сжимают, теряет дыхание.,

Его расширение - это жизнь, его сжатие - смерть.

Узри, что в каждой душе горит божественная искра,

Дети Божьи, участвующие в этом мирском шоу.

Слова Господа Кришны, приведенные в Гите, звучат,

В каждом существе заключена вечная Атма.

Так расширь же свое сердце, прими всех как родных.,

В единстве и любви начинается истинный жизненный путь.

Ибо без широких чувств человечество слепо,

На просторах любви мы находим самих себя.

"Не смотри на зло, но смотри на добро в поле зрения,

Не слышите зла в звуках восторга.

Говорите не зло, а слова благодати,

Не думай о зле, мысленно обнимайся.

Не делай зла, но совершай поступки, которые сияют,

Это путь к божественному".

Такой простой способ, но с глубоким охватом,

В любви и благости - высочайших словах души.

Зачем погружаться в суровые духовные искания,

Когда простой путь любви предлагает вечный покой?

Ибо божественность заключается не в аскетизме,

Но в любви ко всем, под бдительным оком Бога.

Моисей, влюбленный, сиял светом Иисуса,

Его лицо - отражение божественного видения.

И Ратнакара, некогда такой подлый разбойник,

Во имя Рамы, я обрел смысл жизни.

Преобразившись, он стал мудрецом Вальмики, почитаемым,

БОЖЕСТВЕННЫЙ РАССВЕТ

В его стихах проявилось сияние Рамы.

Для дарителя и составителя, по сути, одно и то же,

Как провозглашают Веды, под солнцем мудрости.

Познай добро, и ты станешь хорошим,

В этой истине подводится итог нашему духовному путешествию.

Думайте о хорошем, творите добро, пребывайте в благости,

Таким образом, определяется истинная человечность.

Ибо сердце, таящее в себе зло, никогда не сможет воспарить ввысь.,

В царствах божественности, во веки веков.

Так что примите любовь, пусть доброта будет вашим проводником.,

Проявляя сострадание, позвольте своему духу пребывать в вас.

Ибо в любви и благости божественность близка,

Следуя этой простой истине, позвольте своей жизни управлять вами.

Начни с любви, останься в объятиях любви.,

Ибо это путь, божественный путь.

Мудрость невозмутимости

На грандиозном гобелене жизни, таком огромном и необъятном,

Человеческое существование - редкая драгоценность в потоке времени.

В цикле перерождений говорится, что "человеческое рождение - самая редкая вещь",

Это кульминация прошлых деяний в этой жизни.

Сущность человечности заключается в "манаве" (человеческом).,

"Не ново", - шепчет оно под небесами.

На полотне бытия проступают отголоски прошлого, одиссея безграничной души, история, которую нужно рассказать.

И все же, находясь во власти желаний, человек часто падает,

Забыв о своей сущности в чертогах искушения.

"Меньше багажа, больше комфорта" - мудрое кредо мудреца.,

В простоте найдите истинную потребность жизни.

Жизнь - это долгое путешествие по безжалостному морю времени.,

Ищите божественность в жизни, пусть это будет вашим маяком.

Жизнь, наполненная не отчаянием, а божественным светом,

В счастье находи силу, в темноте - зрение.

Ибо испытания придут, это так же верно, как то, что наступает рассвет.,

И все же, подобно проплывающим облакам, они исчезнут.

В трудностях находите не отчаяние, а шанс вырасти,

Ибо в моральных ценностях проявляются истинные краски жизни.

В рассказе о Раме урок добродетели, столь яркий,

Даже в тени изгнанника он излучал свет.

"Невозмутимость", - учил он, - проявлялась в приливах и отливах жизни,

Боль и удовольствие, победа и поражение, высокое и низкое.

Король по праву, но странник по судьбе,

В его самоотречении были такие великие уроки.

Ибо в трудную минуту он обрел мужество,

Уравновешенный, непоколебимый телом и разумом.

Хануман тоже вырос в отражении Рамы,

От созерцания в нем взыграло мужество.

При дворе Раваны его доблесть действительно блистала,

И все же, перед Рамой, смирение - это тонкая грань.

Ибо это мудрость, древняя и почитаемая,

Будьте смиренны перед божественным, мужественно сражайтесь со злом.

В двойственности жизни найдите свое равновесие и выстояйте,

Со смирением и мужеством, рука об руку.

Так ступай же по этому пути со смелым и кротким сердцем,

В каждом испытании ищите жизненную мудрость.

Ибо в этом равновесии ваш дух будет процветать,

В вечном путешествии, по-настоящему живой.

Победа над Бурей

В безмолвных глубинах темной ночи души,

Прячутся тени камы, кродхи, гнили лобхи.

Равана, повесть о гибели династии.,

В жестоких тисках желаний, какой ужасной ценой.

Уничтожьте этих демонов жадности, желания и ярости,

Ибо они - враги, с которыми должно сразиться твое сердце.

Это не просто история о древних преданиях,

Но это был глубокий урок на веки вечные.

Ибо желание, подобно огню, поглощает и сжигает,

И в пепле гнева покой не возвращается.

Жадность, как цепь, сковывает душу отчаянием.,

В его безжалостной хватке радости жизни редки.

Так что прислушайтесь к этому призыву, чтобы контролировать и сдерживать,

Бурлящие страсти, внутреннее презрение.

В нашу современную эпоху, когда излишества царят свободно,

Предел желаний, истинный ключ к существованию.

Правитель может издавать законы, касающиеся земли и богатства,

Но истинное господство заключается в скрытности сердца.

Овладеть собой - величайший подвиг,

В битве желаний не позволяй желаниям победить себя.

Ибо в укрощении этих диких бурь,

Это путь к миру, безмятежному и мягкому.

Не позволяй судьбе Раваны, твоей судьбе быть,

Закованный в цепи гнева и желания, он никогда не будет свободен.

Так поднимайся выше, с силой и изяществом,

Овладев собой, найдите свое законное место.

Ибо в торжестве над ревом бури,

В этом и заключается истинная победа, к которой стоит стремиться.

Небесное родство:

В эпическом гобелене древних преданий,
Там, где ступают герои и витают легенды,
Стоит Рам, воплощение человеческой грации,
Охватывающий все, превосходящий расу.

Его дружба с Сугривом, благородная и величественная,
И с Ангадой, принцем далекой страны,
Хануман, министр, верный и мудрый,
В их единстве - высшая награда гуманизма.

Родство, которое перешагнуло границу между видами,
В сердце Рама не было никаких предрассудков.
В фильме "Посол доброты" Рама предстает во весь рост, воплощая сострадание, охватывающее всех существ, больших и малых.

В царстве Рамаяны, таком древнем и почитаемом,
Послание долга и идеологии, четко сформулированное.

Расширение гуманизма, выходящего за рамки простого человеческого рода,

Чтобы принять божественное, нужно начать с новой парадигмы.

Эта история звучит так, словно у нее нет альтернативы хорошему поведению,

В победе Рама заключена глубокая истина.

Против Равана, накопившего силу и талант,

И все же, лишенный добродетели, он был обречен.

Ибо в битве за жизнь правит не сила.,

Но хорошее поведение - это главные цепи.

Самые одаренные могут обитать в тени,

Если отбросить добродетели, то и мораль упадет.

Рам, воплощение праведности и могущества,

Выступал против зла, за то, что справедливо.

В его саге мы находим вечный урок,

Доброта и добродетель, в них соединилась истинная сила.

Так пусть же история Рама навсегда останется в наших сердцах,

Маяк гуманизма, которым мы гордимся.

Ибо в его путешествии истина так ясна,

Пусть наши пути будут пролегать в добре и любви.

Вечный идеал: Добродетельная сага о Раме

Голос Вальмики звучит сквозь века.,

Из Рама, самого близкого к источникам добродетели.

В "Рамаяне" о его путешествии поется,

Жизнь, полная испытаний, и этические крылья.

Сквозь жизненные бури он шел с таким достоинством,

Сохраняя идеалы, несмотря на каждое падение.

Перед лицом невзгод он стоял как стена,

Светоч этики, непреклонный наглец.

Идеальный сын, влюбленный по уши,

Верный муж, который сдержит свои обеты.

В правящих царствах его правосудие непоколебимо,

Брат по разуму, узы, которые нужно пожинать.

Даже на войне его враг находил,

Божественный противник, связанный честью.

История Рама, в глубине души, глубокая,

За пределами времени, в его священном кургане.

Сегодняшняя молодежь, судя по его рассказу, должна вникать,

История о добродетелях, которые по своей сути следует отложить в долгий ящик.

Вне зависимости от религии, эпохи, она преуспевает,

В саге о Раме жизненные истины раскрываются с новой силой.

Отголоски вечности: резонанс Рамаяны:

В древних стихах раскрывается история, мудрость Рамаяны, которая актуальна и в современном мире.
На фоне кризиса ценностей зловещий танец преступности, вечный путеводитель, предстает в своем поэтическом просторе.

Сияющий моральный компас, сияющий луч В лабиринте выбора, добродетельная мечта.
Стойкость и надежда, торжествующая песня, путешествие Рамы, сильного в невзгодах.

Отношения, окрашенные в оттенки преданности, Ситы, Лакшманы, эмоций Ханумана.
В узах сила обретается в сладких объятиях любви, Напоминание в хаосе об утешении и благодати.

Пытливые умы, проницательность, сложные характеры, достоинства и недостатки, которые мы прослеживаем.
Стимулирование критического мышления, пренебрежение нормами - На гобелене "Рамаяны" истина лежит в основе всего.

Никаких упрощенных правил, жизнь - это танец нюансов, множество интерпретаций по мере нашего продвижения.
Приобщитесь к его мудрости, разнообразной по

оттенкам, Которая является руководством к праведной и истинной жизни.

В заключение хочу сказать, что это основа, неподвластная времени и обширная, которую нельзя быстро исправить, но которую можно накопить как сокровище.
Это вселяет надежду, стойкость, сострадание,
Служит маяком света в наших ищущих сердцах.

Помните, что в его послании говорится о мире, который мы можем создать, опираясь на его мудрость, на нерассказанные истории.
Ради лучшего будущего, в его объятиях, давайте забудем уроки Рамаяны.

www.ingramcontent.com/pod-product-compliance
Lightning Source LLC
LaVergne TN
LVHW091630070526
838199LV00044B/1008